Cawl

A STRAEON ERAILL

y Lolfa

Argraffiad cyntaf: 2018

Cynllun y clawr: Tanwen Haf

Rhif Llyfr Rhyngwladol: 978 1 78461 616 8

Dymuna'r cyhoeddwyr gydnabod cymorth ariannol Cyngor Llyfrau Cymru

Cyhoeddwyd ac argraffwyd yng Nghymru
ar bapur o goedwigoedd cynaliadwy gan
Y Lolfa Cyf., Talybont, Ceredigion SY24 5HE
e-bost ylolfa@ylolfa.com
gwefan www.ylolfa.com
ffôn 01970 832 304
ffacs 01970 832 782

Cynnwys

Côt Ruby 6
Sarah Reynolds

Dewis 18
Lleucu Roberts

Cawl 28
Mared Lewis

Stafell Ddu 41
Euron Griffith

'Nid mewn cwd mae prynu cath' 52
Dana Edwards

Y Fari Lwyd 66
Ifan Morgan Jones

Y Dyfodol 79
Mihangel Morgan

Sŵn 89
Cefin Roberts

Geirfa 100

Côt Ruby

Sarah Reynolds

Dw i ddim yn gwybod pam o'n i'n synnu. Dywedodd Tommy ei fod yn mynd i werthu côt Ruby. Er hynny, pan welais i hi, yn hongian yn llipa yn ffenest y siop ffeirio, ro'n i'n teimlo fel tasai Tommy wedi fy mwrw i yn fy mol. Atseiniodd ei eiriau yn fy mhen:

''Dyn ni angen yr arian, Rhi – ti byth yn gwisgo'r gôt ta beth!'

Doedd hynny ddim yn wir. Mi o'n i'n ei gwisgo hi, unwaith yr wythnos, i ymweld â Gwynfor a Ruby. Ond allwn i ddim dweud hynny wrth Tommy.

'Dim dy gôt di yw hi i'w gwerthu!' gwaeddais arno fe.

'Mae beth sy'n eiddo i ti yn eiddo i fi,' gwaeddodd e'n ôl.

''Dyn ni ddim yn briod eto!' dywedais i a thrio cipio'r gôt yn ôl oddi wrtho fe.

Dim ond mater o amser oedd hi, sbo. Mae'n anodd cadw cyfrinachau oddi wrth Tommy. Mae e fel ci synhwyro. Dw i'n tybio iddo fe aros i mi fynd i'r gwaith, cyn mynd i chwilmentan trwy fy nghwpwrdd dillad. Fe fyddai e wedi dod o hyd i gôt Ruby, wedi cael ei chuddio yn y cefn, wedi ei lapio'n daclus rhag y llwch, mewn papur tisiw a bag plastig. Druan â Ruby.

yn llipa – *limply*	**siop ffeirio** – *swap shop*
atseinio – *to reverberate*	**cipio** – *to grab*
ci synhwyro – *sniffer dog*	**chwilmentan** – *to rummage*

Felly dyna lle ro'n i'n sefyll o flaen ffenest y siop ffeirio, yn pendroni beth i'w wneud. Es i mewn. A hithau'n gynnar yn y bore, roedd y siop yn wag. Doedd y fenyw tu ôl i'r cownter ddim yn edrych yn bles i fy ngweld i. Menyw denau fel cribyn oedd hi, ei gwallt wedi'i dynnu mor dynn yn ôl dros ei phen nes ei bod hi'n edrych fel tasai hi wedi cael *facelift*. Gwisgai fathodyn ar ei chrys a'i henw arno fe: Donna. Hyd y gallwn i ddweud, cyn i fi darfu arni roedd Donna'n mwynhau paned o de ac yn darllen cylchgrawn, *Straeon Gwir!* Gwaeddai'r pennawd: *Cysgais i ag ysbryd fy ngŵr!*

Edrychodd Donna ar fy ngwên ansicr a gwrthod gwenu'n ôl.

'Ie?' gofynnodd.

''Na beth yw e…' baglais i, 'y gôt 'na, yn y ffenest…'

'Y gôt fan acw? Ffwr go iawn. Llwynog. Safon uchel tu hwnt. *Vintage*, yn tydi? Fedra i ddim derbyn llai na thri chan punt.'

Suddodd fy nghalon. Doedd dim gobaith gen i gael gafael ar dri chan punt.

'Y peth yw,' dywedais, 'y boi ddaeth â'r gôt i mewn – Tommy – wel, doedd dim hawl 'da fe!'

'Dy gôt di yw hi?'

'Ie, wel, nage, côt Ruby yw hi.'

'Pwy yw Ruby?'

'Mae hi 'di marw…'

'Wel, fydd dim angen côt arni, 'te.'

'Pan dw i'n dweud "mae hi 'di marw"… a dweud y gwir, mae'n stori hir.'

Ro'n i'n gweld i mi fachu ei diddordeb.

---

pendroni – *to ponder* **cribyn** – *rake*

tarfu ar – *to disturb*

baglu – *to fumble (for the right words)*

'Alla i eistedd i lawr?' gofynnais. 'Man a man i fi ddechrau o'r dechrau.'

Cwrddais i â Gwynfor – a Ruby – ryw ddeunaw mis yn ôl. Dw i'n gweithio i dîm gofal yn y gymuned, chi'n gweld. Dw i'n mynd rownd i weld hen bobl yn eu tai, eu helpu nhw i godi yn y bore, i wisgo, cael brecwast, ac yn y blaen. Ar y cyfan, dw i'n mwynhau fy ngwaith. Er hynny, mae'r henoed yn gwmws fel pawb arall yn y byd; mae rhai yn bobl glên, mae rhai yn hen gythreuliaid. Roedd 'na un hen foi – Mr Davies – oedd yn gollwng ei ffon gerdded er mwyn edrych arna i'n plygu i'w nôl hi. Hen byrf. Wedyn roedd Mrs Gibbon yn fy nghamgyhuddo i o ddwyn. Roedd hi'n fy ngorfodi i i wagu fy mhocedi bob tro ro'n i'n gadael y tŷ, i brofi 'mod i heb ddwgyd unrhyw beth. Wedyn, roedd Mr Jones, hynny yw, Gwynfor…

Does dim ffefrynnau i fod, ond roedd Gwynfor yn fonheddwr… gŵr gweddw oedd wedi colli ei wraig, Ruby. Torrodd Gwynfor ei galon a bu bron iddo dorri ei ysbryd hefyd. Doedd e ddim yn fodlon codi o'r gwely. Doedd dim chwant bwyd arno. Des i â losin iddo ac eistedd ar ymyl y gwely.

'Dweda wrtha i am Ruby,' meddwn.

Pan oedd e'n sôn amdani, fe fyddai Gwynfor yn adfywio o flaen fy llygaid. Roedd lliw yn dod i'w fochau, ei lygaid yn tanio. A hynny yn chwerwfelys. Er ei bod hi'n hyfryd clywed am y fath

---

gofal yn y gymuned – *care in the community*

cythraul (cythreuliaid) – *devil(s)*

camgyhuddo – *to accuse falsely*	**gorfodi** – *to force*
dwgyd – *to steal*	**bonheddwr** – *gentleman*
gŵr gweddw – *widower*	**adfywio** – *to come alive*
tanio – *to light up*	**chwerwfelys** – *bittersweet*

gariad, ro'n i'n amau a fyddai unrhyw un yn siarad amdana i yn yr un ffordd.

Ces i dipyn o fuddugoliaeth bythefnos wedyn pan gytunodd Gwynfor i godi, i wisgo a bwyta pryd o fwyd. Newidiais batrwm fy ymweliadau er mwyn gweld Gwynfor ar ddiwedd shifft. Doedd dim hast arna i i adael wedyn. Ambell waith byddai'r cloc yn taro pump o'r gloch a minnau'n dal yno, yn chwarae Scrabble, neu'n edrych trwy'r albymau lluniau. A dweud y gwir, ro'n i'n mwynhau clywed ei straeon i gyd.

Clywais i gymaint am Ruby dros y misoedd hynny nes 'mod i'n teimlo fy mod i'n ei nabod hi. Roedd ei phethau hi dros y tŷ i gyd, fel tasai hi'n byw yno o hyd a dim ond wedi picio mas i'r siop. Weithiau ro'n i'n dod o hyd i restr siopa roedd hi wedi ei sgwennu, neu gerdd roedd hi wedi ei chopïo ar bapur oherwydd ei bod yn ei phlesio hi. Des i nabod arogl ei phersawr, lliw ei minlliw, siâp ei llawysgrifen. A dweud y gwir, roedd ganddi ddwy: un daclus a syml ar gyfer pob dydd, ac un ffansi coper-plêt ar gyfer achlysuron arbennig. Des i nabod Ruby mor dda nes 'mod i'n gofyn i mi fy hun ambell waith: beth fyddai Ruby yn ei wneud yn y sefyllfa yma?

Heb ddweud wrth Tommy, wnes i ymweld â Gwynfor ar fy niwrnod bant. Roedd Tommy'n meddwl 'mod i'n caru ar y slei – aeth yn wyllt gacwn. Cuddiais y clais ar fy ngwddw â cholur a thra 'mod i'n edrych yn y drych dywedais wrthyf fy hun: fyddai Tommy ddim mor grac tasai e ddim yn fy ngharu i. Er hynny, mi wn i beth fyddai Ruby wedi ei wneud yn y sefyllfa honno.

buddugoliaeth – *victory*	**picio mas** – *to pop out*
persawr – *perfume*	**minlliw** – *lipstick*
gwyllt gacwn – *furious*	**clais** – *bruise*

Byddai hi wedi gadael Tommy yn y fan a'r lle. Ond dim Ruby ydw i, gwaetha'r modd.

Ar ôl i fi esbonio i Tommy am Gwynfor, yr unig beth roedd e eisiau ei wybod oedd: 'Ydy e'n gyfoethog? Allet ti berswadio fe i roi dy enw di yn ei ewyllys?'

Sut allwn i esbonio cyfoeth Gwynfor i Tommy? Cafodd fywyd llawn cariad ac atgofion melys, ond o ran eiddo, roedd yn debyg i ni. Roedd yn byw mewn tŷ cyngor bach: dwy stafell lan llofft a dwy stafell lawr staer. Hyd yn oed taswn i moyn rhoi fy enw yn ei ewyllys, doedd dim byd i'w etifeddu. Heblaw am gôt Ruby.

Des i o hyd iddi trwy hap a damwain. Chwilio am grys glân i Gwynfor o'n i. Mentrais i mewn i gwpwrdd yn ei stafell wely a dod o hyd i Ruby. Nage, dim ei chorff hi – dim stori arswyd mo hon. Eto, taswn i ddim yn gwybod yn well, baswn i'n dweud mai ei hysbryd hi oedd yno. Agorais i'r drws a theimlo chwa o awel bersawrus ar fy wyneb.

'Aha! Mae hi wedi dod o hyd i ti!' dywedodd Gwynfor, â thinc direidus yn ei lais.

Wnes i chwerthin heb ddeall pam yn iawn.

Roedd y cwpwrdd yn llawn o ddillad hen ffasiwn, dim dillad hen fenyw, ond dillad o gyfnod gwahanol. Mwythais i ffrog barti â phais bwfflyd, siwmperi cain, siacedi wedi eu teilwra. Ond yr

yn y fan a'r lle – *there and then*	**ewyllys** – *will*
atgof(ion) – *memory (memories)*	**etifeddu** – *to inherit*
trwy hap a damwain – *by accident*	
chwa o awel – *gust of wind*	**direidus** – *mischievous*
mwytho – *to caress*	**pais bwfflyd** – *puffy petticoat*
cain – *fine*	**wedi eu teilwra** – *tailored*

hyn a hoeliodd fy sylw i oedd y gôt. Estynnais fy llaw a theimlo'r ffwr lliw cneuen. Dim ffwr ffug mohono ond ffwr moethus, godidog go iawn.

Ni fyddwn i byth yn prynu ffwr anifail – dim 'mod i'n gallu ei fforddio fe chwaith – ond i fi, mae'n greulon. Er hynny, wnes i faddau yn syth i Ruby am gadw'r fath beth – roedd hi'n perthyn i gyfnod gwahanol wedi'r cwbwl. Efallai y baswn i wedi gwisgo ffwr hefyd, taswn i yn fy anterth yn y pumdegau. Ro'n i'n dychmygu fy hun yn gwneud yn gwmws hynny pan ddywedodd Gwynfor:

'Tria hi amdanat os wyt ti eisiau.'

Doedd dim rhaid iddo fe ofyn ddwywaith. Llithrais fy mraich i mewn i'r llawes, a theimlo coflaid oer sidan y llen fewnol. Sleifiais fy mraich arall i mewn a llifodd y gôt dros fy nghorff fel swyn. Teimlais yn wahanol: yn gryf ond yn ysgafn, yn llawn golau. Trois i wynebu Gwynfor. Cydiodd yn ei frest. Powliodd dagrau o'i lygaid bach.

'Ruby!' ebychodd.

Teimlais fy mhen yn troi, fy nghalon yn bwrw yn fy mrest fel adenydd aderyn mewn cawell. Tynnais i'r gôt yn syth. Syrthiodd i'r llawr mewn tonnau sidanaidd a glanio yn bwll wrth fy nhraed.

'Beth ddigwyddodd?' gofynnais.

hoelio sylw – *to transfix*	**cneuen** – *nut*
godidog – *exquisite*	**maddau** – *to forgive*
yn fy anterth – *in my prime*	**llawes** – *sleeve*
coflaid – *embrace*	**sidan** – *silk*
sleifio – *to slip*	**swyn** – *magic*
powlio – *to stream*	**ebychu** – *to exclaim*
cawell – *cage*	

'Wnest ti gwrdd â Ruby,' atebodd Gwynfor â gwên wan.

Do'n i ddim eisiau achosi pwl ar galon yr hen foi, felly codais y gôt ffwr a'i rhoi i gadw.

'Nawr 'te, Gwynfor, ble ydych chi'n cadw eich crysau?'

Fe dreulion ni weddill y pnawn gyda'n gilydd heb sôn am y gôt, ond cyn i fi adael am y dydd, cydiodd Gwynfor yn fy llaw a dweud,

'Dw i ddim yn colli fy mhwyll, Rhian. Dw i'n gwybod bod Ruby wedi mynd, ond dw i'n hoffi esgus ei bod hi yma o hyd. Dw i'n hoffi esgus, dyna i gyd.'

'Peidiwch â phoeni,' dywedais i, 'dw i'n deall.'

Mae esgus yn rhywbeth dw i'n ei ddeall yn iawn. Ambell waith, esgus yw'r unig beth sy'n cadw person i fynd.

Rai misoedd wedyn, pan es i i weld Gwynfor, roedd gen i rywbeth i'w ddangos: modrwy ddyweddïo â diemwnt disglair yn ei chalon.

'Llongyfarchiadau!' ebychodd Gwynfor. 'Mae'n rhaid i ni ddathlu!'

Felly tynnais i'r caead ar y cwrw sinsir ac agor pecyn o fisgedi Viscount.

'Aeth e i lawr ar ei ben-glin?' gofynnodd Gwynfor, a dyma fi'n dweud y cwbwl wrtho fe. Sut ddes i o hyd i'r fodrwy ar waelod gwydraid o win a bron â thagu arni!

'Does dim clem 'da fi sut wnaeth Tommy fforddio'r fodrwy, ond gwell peidio â gofyn chwaith...' dywedais i fel jôc.

Cymylodd gwedd Gwynfor.

pwl – *bout, attack*	**pwyll** – *temper*
dyweddïo – *to get engaged*	**diemwnt** – *diamond*
cwrw sinsir – *ginger beer*	**tagu** – *to choke*
gwedd – *appearance*	

'Wnes i aros ac aros cyn gofyn i Ruby fy mhriodi i. Roedd gen i syniad yn fy mhen na faswn i ddim yn gofyn nes 'mod i wedi safio tri mis o gyflog yn y banc. Yn y diwedd roedd Ruby wedi blino aros. Aeth hi lawr ar ei phen-glin a gofyn i fi!'

A dyma ddeigryn tew yn rhychu ei foch.

'Dewch ymlaen, Gwynfor. Mae'n ddiwrnod hapus!' dywedais i. 'Dylen ni fod yn dathlu!'

'Wyt ti'n siŵr am y boi 'ma, Rhian? Wyt ti'n siŵr ei fod e'n ddigon da i ti?'

Wnes i chwerthin yn uchel ond wnaeth Gwynfor ddim. Wnes i drio tawelu ei feddwl.

'Mae Tommy yn arw ond mae'n gyson,' dywedais i. 'Mae e'n fy ngharu i ac mae hynny yn fwy nag mae unrhyw un arall wedi ei wneud erioed.'

'Beth am dy deulu di?'

'Ges i fy magu mewn cartref plant. Dw i ddim yn gwybod beth yw perthyn.'

'Wel, ti'n perthyn i ni nawr,' meddai, 'fi a Ruby.'

Meddyliodd am funud cyn codi ac ymlusgo i mewn i'r stafell arall. Pan ddychwelodd, roedd côt ffwr Ruby yn ei freichiau.

'Fi moyn i ti ei chael hi,' dywedodd, 'yn anrheg dyweddïo.'

'Gwynfor, mae hynny yn hael iawn ond alla i mo'i derbyn hi.'

Pylodd ei wên.

'So ti'n ei hoffi hi?'

'Mae'n brydferth.'

Do'n i ddim eisiau brifo ei deimladau, felly wnes i dderbyn

rhychu – *to furrow*	**garw** – *rough, coarse*
cyson – *consistent*	**ymlusgo** – *to creep*
hael – *generous*	**pylu** – *to fade*

yr anrheg. Llithrais fy mreichiau i mewn i'r gôt a'r tro yma, pan wisgais i hi, teimlais goflaid hen ffrind amdana i. Ro'n i'n edrych yn wirion bost, dw i'n siŵr, yn gwisgo côt ffansi dros fy ngwisg waith hyll, ond ro'n i'n teimlo'n hudolus. Troais at yr hen chwaraewr recordiau yng nghornel y stafell a rhoi record finyl ar y trofwrdd. Cododd llais lledrithiol Ella Fitzgerald o'n hamgylch ni: 'Heaven, I'm in heaven…'

Camais tuag at Gwynfor.

'A hoffech chi ddawnsio gyda fi?' gofynnais.

'Fydden i wrth fy modd,' atebodd, a'i lygaid yn pefrio.

Cydiodd Gwynfor yn fy llaw a rhoi cledr gadarn ar fy nghefn. Dechreuon ni simsanu'n ofalus ar y carped. Lapiodd y gerddoriaeth amdanon ni a magodd Gwynfor hyder, yn fy arwain i rownd y stafell fach, yn wên i gyd. Ces i gipolwg ohono fe bryd 'ny: y dyn ifanc, golygus, tu hwnt i'w hen wyneb crebachlyd. A finnau newydd ddyweddïo, daeth syniad cywilyddus am anffyddlondeb i 'mhen. Meddyliais i, taswn i'n gallu cwrdd â dyn ifanc fel Gwynfor, faswn i'n gadael Tommy mewn chwinciad.

Ar ddiwedd y gân, arhoson ni yno, yng nghanol y stafell, yn gwrando ar guriadau'r record yn pylu, fel calon flinedig yn gorffwys. Teimlais flew meddal barf Gwynfor yn mwytho fy moch, a honno'n llaith gan ddagrau. Bu seibiant hir cyn i fi

trofwrdd – *turntable*	**lledrithiol** – *magical, enchanting*
pefrio – *to sparkle, to gleam*	**cledr** – *palm (of hand)*
simsanu – *to move unsteadily*	**cipolwg** – *glimpse*
crebachlyd – *shrivelled, wrinkled*	**cywilyddus** – *shameful*
anffyddlondeb – *unfaithfulness*	**mewn chwinciad** – *in a wink*
curiad(au) – *beat(s)*	**llaith** – *damp*
seibiant – *pause*	

ymddatod o goflaid Gwynfor. Heb ddweud gair, gwasgodd fy llaw i'n dynn, dynn a rhoi cusan ar fy mysedd.

A dyna'r tro olaf i fi weld Gwynfor. Ges i alwad wrth fy mòs y bore canlynol i ddweud y byddai un person yn llai ar fy rownd o hynny ymlaen.

Wnes i wisgo côt Ruby i'r angladd. Rhywsut, ro'n i'n gwybod y byddai Gwynfor yn hoffi hynny. Bob wythnos ers hynny, dw i'n ymweld â Gwynfor a Ruby yn y fynwent. Dw i'n cadw'r beddfaen yn daclus, yn gosod blodau ac yn siarad â nhw. Paid â phoeni, dw i ddim yn mynd o 'ngho. Dw i'n gwybod na fydda i ddim yn eu clywed nhw'n ateb, ond ambell waith, mae'n braf esgus. Weithiau, pan dw i'n gwisgo côt Ruby, dw i'n dychmygu fy mod i'n clywed ei llais yn fy mhen, yn fy nghynghori i.

'Beth am fynd 'nôl i'r coleg,' meddai wrthyf i, 'dilyn dy freuddwyd o fod yn nyrs?'

Ac yn y foment honno, tra 'mod i'n gwisgo'r gôt, dw i'n penderfynu efallai y gwna i hynny, efallai y galla i wneud rhywbeth â fy mywyd.

Daliodd Tommy fi'n sefyll o flaen y drych un tro, yn gwisgo côt Ruby. Chwarddodd nerth ei ben wrth fy ngweld i'n siarad â mi fy hun.

'Myn yffach i! Ti'n edrych fel caseg sioe!'

A dyma lais Ruby'n codi yn fy mrest ac yn siarad trwy fy ngwefusau:

ymddatod – *to free oneself*	**angladd** – *funeral*
mynwent – *graveyard*	**beddfaen** – *gravestone*
mynd o 'ngho – *to go mad*	**cynghori** – *to advise*
chwerthin (chwarddodd) – *to laugh (laughed)*	
myn yffach i – *my goodness*	**caseg sioe** – *show pony*

'Cer i grafu, Tommy.'

Tra o'n i'n cyrcydu yng nghornel y stafell, yr ergydion yn syrthio'n gawod, gallen i daeru i mi glywed llais Ruby eto.

'Ti'n haeddu gwell na'r boi 'ma, Rhian. Ti'n haeddu gwell.'

Canodd cloch y siop ffeirio a thorri ar swyn fy stori. Edrychais i lan i weld wyneb sur Donna yn syllu arna i.

'Dw i'n cytuno â Ruby am dy gariad di,' meddai, 'ond mae'r gôt yn dal yn dri chan punt.'

Trodd at y cwsmer oedd wedi dod i mewn.

'Gad i fi wybod os wyt ti angen help.'

Codais o'r stôl, y gobaith yn llifo ohonof.

'Alla i ddweud ffarwél?' gofynnais.

'Ti moyn dweud ffarwél... wrth y gôt?' gofynnodd Donna.

'Ydw.'

Roliodd ei llygaid ond ni rwystrodd fi rhag mwytho côt Ruby am y tro olaf. Teimlais ffwr sidanaidd o dan flaenau fy mysedd a dyma fi'n gweld yr ateb i'r broblem yn disgleirio o fy mlaen, ar drydydd bys fy llaw chwith. Troais i rownd a rhoi fy modrwy ddyweddïo ar ddesg wydr Donna.

Cerddais mas o'r siop ffeirio â 'nghalon i yr un mor ysgafn â fy mys difodrwy. Yn y diwedd, gadewais i gôt Ruby ble roedd hi. Roedd yn amser i fi symud ymlaen. Gan wisgo fy hen gôt ddyffl, anelais am yr orsaf drenau. Teimlais ddyrnaid o bapurau yn fy mhoced ac fe wnes i drio dyfalu pa mor bell y basai'r arian yn mynd â fi. *Digon pell*, meddai llais yn fy mhen. Troais

cyrcydu – *to kneel*	**ergyd(ion)** – *blow(s)*
taeru – *to swear*	**syllu** – *to stare*
disgleirio – *to shine*	**côt ddyffl** – *duffle coat*
dyrnaid – *fistful*	

y gornel a gweld ffenest y siop ffeirio, trwy gil fy llygad. Yno, safai Donna, yn gwisgo côt Ruby amdani. Gwenais i mi fy hun a thrio dyfalu pa fath o gyngor fyddai Ruby yn ei gynnig iddi hi.

---

trwy gil fy llygad – *through the corner of my eye*

Dewis

Lleucu Roberts

Dyma sy'n dod o beidio â gwneud fy ngwaith cartre, meddyliodd Lizzie, yn flin wrthi hi ei hun.

Roedd hi'n sefyll ar ganol yr eil yn Tesco o flaen dau focs brown oedd yn gwneud iddi ddrysu. Methu penderfynu, dyna oedd ei phroblem hi wedi bod erioed. Er ei bod hi wedi edrych ar y we ar ffôn ei mab, doedd hi ddim callach. Roedd hi wedi cerdded yr holl ffordd i Tesco am fod y bocs brown roedd hi wedi meddwl ei brynu yn rhatach yno. Ond ar ôl cyrraedd, gwelodd fod dau fath, a'r ddau yn ddeg punt yr un. Pa un ddylai hi ei brynu?

Siocled Green and Black's, dyna'r cyfan roedd Mrs Johnson wedi ei ddweud: 'Dw i wrth fy modd gyda siocled Green and Black's.'

Pan gafodd wahoddiad gan Mrs Johnson i'w pharti ymddeol, anrheg oedd y peth cyntaf aeth drwy feddwl Lizzie. Beth allai hi ei gael yn anrheg i rywun fel Mrs Johnson? Wedyn, fe aeth gwisg, esgidiau a thrafnidiaeth drwy ei meddwl hefyd. A gwallt. Beth oedd hi'n mynd i'w wneud â'i gwallt, oedd yn dangos modfedd a hanner o wyn wrth y gwreiddiau, gwallt a hongiai'n llipa farw pan nad oedd e wedi ei glymu'n ôl â band lastig, fel roedd e bob dydd? Roedd popeth yn costio, yn cynnwys lliw gwallt.

drysu – *to get confused*	**dim callach** – *none the wiser*
gwahoddiad – *invitation*	**ymddeol** – *to retire*
trafnidiaeth – *transport*	**gwraidd (gwreiddiau)** – *root(s)*

Doedd Mrs Johnson ddim wedi dweud pa flas siocled Green and Black's: y Milk and Seasalt, neu'r Butterscotch neu'r Hazelnut and Currant neu'r...? Dyna pam roedd y Tasting Collection o bacedi bach tlws yn gwneud synnwyr. Roedd Tesco'n cynnig y Tasting am ddeg punt, a phob siop arall yn codi un deg pump.

Doedd dim posib i Lizzie fforddio un deg pump heb dorri i mewn i arian y clwb Nadolig, felly roedd hi'n werth cerdded pedair milltir, ond byddai'n rhaid iddi dalu pum deg ceiniog yn ychwanegol am fws i gyrraedd y swyddfeydd lle roedd hi'n dechrau gweithio am wyth o'r gloch.

Roedd hi'n dal yn dywyll pan oedd Lizzie'n gadael y tŷ, ond roedd golau'r stryd yn ei chadw'n ddiogel. Byddai lladron a llofruddion yn dal yn eu gwlâu. Gwisgodd ddwy siwmper a chot ac anelu'n benderfynol ar draws y brifddinas at yr archfarchnad anferth ar Rodfa'r Gorllewin.

A dyma hi nawr, wedi dod i mewn i gynhesrwydd Tesco, a'r bore'n gwawrio'n gyflym wrth iddi fethu penderfynu rhwng y Tasting Collection a'r Connoisseur Collection i Mrs Johnson.

Pacedi bach twt, tlws oedd yn y Tasting Collection, yn cynnwys deg blas gwahanol o siocled. Cymaint o flasau gwahanol!

'White with a dose of Madagascan vanilla...' sibrydodd Lizzie wrthi ei hun, gan deimlo'r disgrifiad yn llifo dros ei thafod.

Ond roedd y Connoisseur yn cynnwys bariau siocled mwy o faint, llawer mwy o gramiau o siocled, ond dim ond saith blas

tlws – *decorative*	**lleidr (lladron)** – *thief (thieves)*
llofrudd(ion) – *murderer(s)*	**anferth** – *huge*
gwawrio – *to dawn*	**twt** – *compact, dainty*
disgrifiad – *description*	

gwahanol: beth os nad oedd y Connoisseur yn cynnwys ffefryn Mrs Johnson?

Doedd dim rhaid i Mrs Johnson fod wedi ei gwahodd hi. Dim ond glanhau iddi roedd Lizzie. Dwy awr y dydd ar ôl cinio, cyn i Mrs Johnson ddod adre o'i gwaith fel cyfarwyddwr cwmni mawr yng nghanol Caerdydd. Roedd Mrs Johnson bob amser yn canmol gwaith Lizzie ac yn holi am y teulu.

Connoisseur i gyfarwyddwr, meddyliodd Lizzie. Doedd Tasting ddim yn swnio'n ddigon.

Cododd Lizzie y bocs Connoisseur ac anelu am y cownter. Tri o'r tiliau'n unig oedd ar agor. Dim ond hanner awr wedi saith oedd hi wedi'r cyfan. Doedd neb call yn siopa bwyd am hanner awr wedi saith. Cofiodd Lizzie ei bod hi wedi bwriadu cael un neu ddau o bethau oedd eu hangen.

Newidiodd gyfeiriad sawl gwaith cyn dod i'r lle bara. Daeth dŵr i'w dannedd wrth iddi edrych ar y gwahanol fathau o dorthau. Estynnodd am dorth fawr sleis yn ei phlastig arferol, ac anelu yn ei blaen at yr eil cynnyrch llaeth. Cododd gylch o drionglau caws, ac ar y silffoedd cig parod, gafaelodd mewn pecyn o ddarnau cyw iâr.

Cyrhaeddodd y til a chiwio tu ôl i ddynes fawr yn gwthio troli. Ceisiodd Lizzie edrych heibio iddi i weld faint o bethau oedd ganddi yn ei throli: roedd hi'n dechrau poeni faint o'r gloch oedd hi. Oedd yr oedi uwchben y siocled wedi ei gwneud hi'n hwyr? Edrychodd am gloc, ond ni allai weld un.

Roedd basged y ddynes yn y ciw nesaf yn wacach na throli'r

cyfarwyddwr – *director*	**daeth dŵr i'w dannedd** – *she salivated*
torth(au) – *loaf (loaves)*	**cynnyrch** – *product*
cig parod – *prepared meat*	**oedi** – *to pause*
gwag (gwacach) – *empty (emptier)*	

ddynes fawr, felly symudodd i'r ciw nesa. Gwyliodd Lizzie'r pethau'n cael eu tynnu o'r fasged yn araf fel ffilm wedi ei harafu. Amynedd, Lizzie, meddyliodd.

O'r diwedd, daeth ei thro hi i dalu. Estynnodd y pethau o'i basged a chnoi ei gwefus: ai'r Connoisseur oedd y dewis gorau go iawn? Am eiliad, ystyriodd afael yn y bocs a rhedeg yn ôl i'r eil siocled i newid y Connoisseur am y Tasting.

Ond tasai hi'n colli'r bws, byddai'n rhaid iddi aros am y nesaf ac fe fyddai'n hwyr i'w gwaith. Roedd hi'n hoffi cyrraedd ei gwaith mewn pryd i gael digon o amser i roi trefn ar ei throli o bethau glanhau yn barod ar gyfer y bore.

Talodd ei dyled, a chyfrif y newid wrth ei gadw yn ei phwrs: digon i dalu am y bws a saith deg pedwar ceiniog dros ben. Digon i gael coffi bach amser paned yng nghantîn y gweithwyr.

Cadwodd y siocled yn ofalus mewn bag plastig oedd ganddi yn ei bag llaw, a thynnu bag plastig arall ar gyfer y dorth, y cyw iâr a'r cylch o drionglau caws: doedd hi ddim am i flawd o'r bara neu leithder oddi ar y pecyn o ddarnau cyw iâr fynd ar focs brown y Connoisseur.

Dyna ni, Lizzie, meddyliodd wrthi ei hun. Rwyt ti wedi talu nawr, rhy hwyr i newid dy feddwl. A chwarae teg i Lizzie, pan oedd hi'n mynd yn rhy hwyr iddi newid ei meddwl, anaml iawn y byddai hi'n gwneud hynny.

Wrth iddi gerdded oddi wrth y til, cododd ei phen a gweld y cloc uwch ei phen. Dwy funud gyfan ar ôl ugain munud i wyth! Daeth ofn drosti fel pe bai rhywbeth llawer gwaeth na cholli bws wedi digwydd iddi, a rhedodd allan o'r siop, gan ymddiheuro wrth basio dynes fawr y troli ar frys. Ymddiheurodd wedyn wrth

---

amynedd – *patience* | **dyled** – *debt*

lleithder – *moisture, dampness*

faglu ar draws traed rhywun digartref mewn sach gysgu oedd yn eistedd tu allan wrth ymyl y drws.

Rhedodd Lizzie ar draws y lleiniau parcio, a bag ym mhob llaw yn chwifio wrth iddi fynd i mewn ac allan rhwng y ceir.

Ac yna, fe welodd y bws yn diflannu tuag at y ffordd fawr, yn bell oddi wrthi. Anadlodd yn gyflym i gael ei gwynt ati a syrthiodd ei hysgwyddau.

Doedd ganddi ddim dewis ond aros am y bws nesaf mewn chwarter awr. Trodd yn ôl at ddrws yr archfarchnad. Gallai fynd am dro drwy Tesco i weld beth welai hi, ond doedd ganddi fawr o galon i wneud hynny heb arian o gwbl i'w wario.

Aeth yn ôl at y drws lle roedd dyn canol oed yn eistedd yn ei sach gysgu a hances ar y llawr o'i flaen yn dal dau ddarn pum deg ceiniog a phunt.

'Missed your bus, love?' gofynnodd y dyn iddi. Nodiodd Lizzie a gwenu'n gwrtais arno. 'Wouldn't have anything to spare, would you,' meddai'r dyn wedyn, 'for a man whose feet are bruised and battered?'

Cofiodd Lizzie am y coffi amser paned yng nghantîn y gweithwyr. Un da oedd e hefyd ar ôl teirawr o waith. Pum deg ceiniog fyddai hwnnw.

Ond byddai'n gas ganddi roi cyn lleied â dau ddeg pedwar ceiniog i hwn yn yr oerfel. Oedd, roedd ganddo bunt neu ddwy eisoes ar yr hances o'i flaen, ond roedd ganddi hi gartre, a phobl ynddo, a gwely, a thegell i wneud ei phaned ei hun ar ben draw'r diwrnod.

Estynnodd y saith deg pedwar ceiniog a phlygu i'w osod yn

digartref – *homeless*	**llain (lleiniau)** – *bay(s)*
chwifio – *to wave*	**cael ei gwynt ati** – *to revive herself*
cwrtais – *polite*	**oerfel** – *the cold*

daclus ar yr hances. Sori, eglurodd Lizzie, ond fe fydda i angen y gweddill i ddal y bws nesaf i'r gwaith...

Dy arian di dw i eisiau, meddai'r dyn yn ei sach gysgu wrthi, ddim hanes dy fywyd di.

Gwenodd Lizzie arno, a gwnaeth yntau ymdrech i wenu 'nôl. Dau ddant oedd ganddo, a gwnaeth y wên i'r baw gracio yng nghorneli ei lygaid.

Rhaid ei fod e'n oer, meddyliodd Lizzie. Doedd ei fenyg e ddim yn gyfan, a doedd ganddo ddim cot, dim ond siwmper dyllog a chap gwlân budr. O leia doedd hi ddim yn bwrw glaw.

Safai Lizzie ryw chwe cham oddi wrtho: aros am y bws dw i, eglurodd wrtho, rhag ofn bod y dyn yn meddwl ei bod hi'n ddigywilydd yn camu i'r gofod roedd e wedi ei greu iddo'i hun.

Wna i ddim dy gnoi di, meddai'r dyn. A gwenu eto, yn fwy llydan y tro hwn. Camodd Lizzie'n nes wrth weld nad oedd e'n grac wrthi am sefyll yn ei ymyl.

Beth sydd yn y bag? holodd y dyn. Roedd Lizzie'n gwybod mai trio'i lwc oedd e, ond fel rhywun nad oedd wedi cael fawr o lwc mewn bywyd, meddyliodd wedyn, digon teg ei fod e'n mynd i chwilio amdano lle bynnag roedd e i'w gael. Fyddai neb gartre yn gweld colli pecyn bach o ddarnau cyw iâr.

Estynnodd Lizzie y pecyn iddo. Gafaelodd y dyn â'r ddau ddant ynddo, a'i galw hi'n 'lady'. Gwenodd Lizzie arno'n ddiolchgar, heb ei gredu. Croeso i ti eistedd, meddai'r dyn, tynnu'r pwysau oddi ar dy draed.

taclus – *neat*	**ymdrech** – *effort*
tyllog – *full of holes*	**digywilydd** – *shameless, rude*
digon teg – *fair enough*	

Eisteddodd Lizzie wrth ei ymyl. Erbyn hyn roedd e wedi llwyddo i agor y pecyn plastig, ac wrthi'n llwytho darnau cyw iâr heibio'r ddau ddant. Estynnodd y pecyn i Lizzie, ond gwrthododd hi: roedd hi wedi cael brecwast, eglurodd wrtho.

Dechreuodd y dyn ddweud ei hanes wrth Lizzie, a gwrandawodd hithau'n astud, er bod darn bach o'i meddwl yn cyfrif y munudau rhag ofn iddi golli'r bws eto. Wrth droi ei phen, gallai weld y cloc tu mewn i'r siop. Roedd y dyn yn arfer bod yn weinydd mewn bwyty Eidalaidd, meddai wrth Lizzie, er nad oedd e'n dod o'r Eidal ei hun, ac nad oedd ganddo ddim i'w ddweud wrth fwyd Eidalaidd chwaith.

Dechreuodd Lizzie sôn am ei theulu hi, ond llygadu'r bag plastig yn ei llaw roedd y dyn yn ei wneud wrth i Lizzie roi enwau'r plant ac oedrannau'r wyrion. Ydych chi eisiau triongl caws? cynigiodd Lizzie wrth ei weld e'n edrych.

Bwytaodd y dyn bedwar.

Hoffech chi fara i fynd gyda'r caws? Estynnodd Lizzie'r dorth iddo, ar ôl agor y sticer bach melyn am wddw'r plastig.

Cymerodd y dyn bedair tafell o fara, ond yn fuan iawn roedd ei lygaid yn hofran dros y bag plastig yn llaw arall Lizzie. Gwelodd Lizzie e'n edrych ar fag y siocled, a theimlodd ryw ddiflastod bach.

Symudodd ei lygaid e oddi ar y bag at ei llygaid hi. Ga i? meddai ei lygaid wrthi. Agor e, dere 'mlaen, agor e i fi gael gweld beth yw e. Dyna roedd ei lygaid e'n ei ddweud.

Estynnodd Lizzie fag y siocled iddo.

yn astud – *intently*	**gweinydd** – *waiter*
llygadu – *to eye*	**oedran(nau)** – *age(s)*
tafell – *slice*	**diflastod** – *unpleasantness*

Plymiodd llaw'r dyn i'r bag plastig a thynnu'r bocs Connoisseur Collection Green and Black's allan ohono.

Dw i wrth fy modd â siocled, meddai'r dyn wrthi, roedden ni'n arfer bwyta bocseidiau o'r After Eights roedd Marco'n eu harchebu i'w rhoi ar ddysglau bach y biliau i'r gwesteion.

Ddim After Eights yw'r rhain, sori, dechreuodd Lizzie egluro, ac ychwanegu mai Mrs Johnson ei bòs hi oedd yn mynd i gael y siocledi, yn anrheg ymddeoliad, am ei bod hi wedi gwahodd Lizzie i'w pharti. Roedd Mrs Johnson wrth ei bodd â siocled Green and Black's.

Rhoddodd y dyn y bocs yn ôl yn y bag plastig. Well i fi beidio torri mewn i'r rheina felly, meddai.

Dechreuodd Lizzie ddweud wrtho ei bod hi'n poeni am nad oedd ganddi ddim byd digon da i'w wisgo i barti Mrs Johnson. Gallai wisgo'r ffrog las lewys byr a wisgodd i briodas ei nith, ond roedd hi wedi dyddio braidd er ei bod hi'n siŵr o ffitio...

Trueni hefyd, meddai'r dyn. Dw i wrth fy modd â siocled.

Oedodd Lizzie am eiliad. Daeth darlun i'w meddwl ohoni ei hun yn y ffrog las lewys byr. Efallai ei bod hi'n rhy hen i wisgo ffrog lewys byr: roedd topiau ei breichiau'n groen llac digon hyll. Ac er nad oedd hi'n cario gormod o bwysau, roedd cylch o floneg wedi tyfu dros waelod ei bol. Lliw pobl ifanc oedd glas, a doedd ganddi ddim esgidiau i fynd gyda'r ffrog.

Estynnodd y dyn weddill y dorth a'r caws iddi a rhoddodd

plymio – *to dive*	**dysgl(au)** – *dish(es)*
gwestai (gwesteion) – *guest(s)*	**llawes (llewys)** – *sleeve(s)*
dyddio – *to date*	**llac** – *loose*
cario gormod o bwysau – *to carry too much weight*	
bloneg – *fat*	

hithau nhw'n ôl yn y bag. Gas ganddo fara sych, meddai gan droi ei drwyn, ac ymddiheurodd Lizzie am nad oedd ganddi fenyn.

Doeddet ti ddim i wybod, meddai'r dyn wrthi.

Gwthiodd Lizzie ei llaw i'r bag plastig a thynnu'r bocs siocledi Connoisseur allan. Edrychodd arno am eiliad cyn gwthio ewin ei bawd o dan y sticer a'i cadwai ar gau. Agorodd y bocs.

Ydych chi'n hoffi siocled tywyll? gofynnodd i'r dyn.

Well gen i siocled hallt, meddai'r dyn gan estyn ei ben i edrych dros ymyl y bocs ar y gwahanol flasau. Estynnodd Lizzie y bar siocled halen môr Môn iddo a rhwygodd y dyn y papur oddi ar y bar yn awchus cyn claddu ei ddau ddant yn ei ogoniant.

Caeodd Lizzie'r bocs: gallai roi'r gweddill i Mrs Johnson ac egluro. Byddai ei bòs caredig yn siŵr o ddeall. Gallai ei roi iddi, ac egluro yr un pryd na fyddai hi ddim yn gallu mynd i'r parti am fod priodas ei nai yr un diwrnod, neu barti tri deg ei mab. Rhyw gelwydd gwyn fyddai ddim yn gwneud drwg i neb.

Edrychodd Lizzie ar y cloc. Dwy funud i fynd nes y byddai'r bws yn cyrraedd. Casglodd ei phethau ati yn barod i godi ar ei thraed.

Ond cyn iddi wneud, daeth dynes smart heibio, yn gwisgo esgidiau swanc a dillad lliain. Roedd rhywbeth amdani yn atgoffa Lizzie o Mrs Johnson ond ei bod hi ugain mlynedd yn iau. Gwenodd y ddynes ar y dyn a phlygu i roi darn pum deg ceiniog ar yr hances. Yna, cyn iddi sythu yn ei hôl, daliodd ddarn pum deg ceiniog arall allan i Lizzie.

troi ei drwyn – *to turn his nose up*	**ewin** – *(finger)nail*
hallt – *salty*	**yn awchus** – *eagerly*
gogoniant – *glory*	**caredig** – *kind*
celwydd gwyn – *white lie*	**swanc** – *swanky, posh*
lliain – *linen*	**atgoffa** – *to remind*

Cyn iddi feddwl beth roedd hi'n ei wneud, gafaelodd Lizzie yn y darn pum deg ceiniog, ac wrth ddeall, dechreuodd egluro, na, na, dw i ddim angen…! Ond roedd y ddynes wedi mynd, gan arnofio at ei char ar don o hunanfodlonrwydd.

Edrychodd Lizzie ar y darn pum deg ceiniog. Gallai gael paned braf o goffi yng nghantîn y gweithwyr wedi'r cyfan.

Cododd ar ei thraed. Roedd y dyn bron â mynd drwy hanner y bar siocled halen Môn. Cyn meddwl mwy, estynnodd Lizzie far arall iddo o'r bocs Connoisseur.

Wrth iddi wneud, llithrodd y darn pum deg ceiniog o'i llaw. Roedd hi ar fin ei godi, ond wnaeth hi ddim. Gadawodd iddo orwedd wrth ymyl yr hances oedd yn dal cyfoeth y dyn.

Ffarweliodd Lizzie ag e. Wela i di eto, galwodd yntau ar ei hôl wrth iddi anelu at yr arhosfan bysiau. Sant, dyna wyt ti, ychwanegodd, a chwarddodd hithau'n braf ar ei nonsens.

Falle byddai'r ffrog las yn gwneud y tro wedi'r cyfan, meddyliodd Lizzie.

arnofio – *to float* **hunanfodlonrwydd** – *self-satisfaction*

ffarwelio – *to say goodbye*

arhosfan bysiau – *bus stop*

Cawl

Mared Lewis

Pump o'r gloch. Gwenodd Sali wrth i'r cwsmer olaf adael. Ers tua dau fis erbyn hyn, roedd gweld y cloc yn dangos pump o'r gloch yn gwneud i Sali deimlo'n hapus. Fel pawb arall. Yn falch ei bod yn mynd adra.

Ar ben yr awr, daeth Cemlyn y rheolwr o gefn y siop yn rhywle a chamu at y drws ffrynt fel tasai o'n actor oedd wedi bod yn aros am y funud yma yng nghefn y llwyfan ers naw bore 'ma. Ac ella ei fod o!

'Diolch byth am hynna!' meddai gan droi'r arwydd 'Ar gau' fel ei fod yn wynebu'r stryd. 'Diolch byth!'

Gwenodd Sali wrthi ei hun. Roedd Cemlyn fel cymeriad mewn drama o'r ganrif ddiwetha, a dweud y gwir, yn bum troedfedd pedair modfedd o hunanbwysigrwydd dramatig. Roedd pob profiad yn y byd yn gwneud i Cemlyn chwifio ei ddwylo a rowlio ei lygaid tuag at y nefoedd. Roedd Cemlyn yn licio gwneud môr a mynydd o bopeth.

Roedd mam Sali wrth ei bodd pan oedd Sali'n dweud hanes gorymateb Cemlyn i ryw 'drasiedi' ac yn chwerthin yn iach dros y tŷ. Wrth feddwl yn ôl dros yr amseroedd hynny, roedd

---

canrif – *century* | **troedfedd** – *foot*

modfedd – *inch* | **hunanbwysigrwydd** – *self-importance*

gwneud môr a mynydd o rywbeth – *to make a mountain out of a molehill*

gorymateb – *to overreact*

Sali weithiau'n meddwl mai'r rheini oedd y rhai hapusaf yn ei bywyd.

'Sgen ti blania heno, Sali fach?' gofynnodd Cemlyn, gan edrych i fyny rhyw fymryn arni wrth ofyn y cwestiwn. Roedd o'n gofyn yr un fath bob nos, roedd y llinell yn rhan o'r ddrama fach. Ond roedd ei hateb yn mynd i fod yn wahanol heno.

'Oes, mae gen i, a deud y gwir,' meddai Sali a chyn i Cemlyn fedru holi mwy, dywedodd, 'Well i mi fynd.'

Agorodd ddrws ffrynt y tŷ a'i gau ar ei hôl, gan wrando ar sŵn y drws yn atsain i fyny ac i lawr y grisiau.

'Helô?' galwodd ar y tŷ gwag. 'Helô?'

Roedd Sali wedi gwneud hyn bob nos ers i'w mam farw. Neu bob tro roedd hi wedi dod i mewn o'r tu allan, beth bynnag. Camgymeriad oedd o'r tro cyntaf, gan ei bod wedi anghofio go iawn bod neb yno. Roedd hi wedi arfer cymaint, toedd? Ond wedyn, roedd wedi dechrau dod yn arferiad, ac roedd Sali'n teimlo ella y byddai'n anlwcus iddi beidio galw 'Helô' ar y tŷ gwag erbyn hyn.

Wedi meddwl, roedd hi wedi arfer agor y drws i dŷ distaw ers blynyddoedd. Weithiau fe fyddai ei mam wedi syrthio i gysgu yn y gadair freichiau yn y lolfa, a'r botel jin yn swatio fel tegan yn ei breichiau. Dro arall, roedd yn dod adra a gweld ei mam yn eistedd wrth fwrdd y gegin efo'i photel, ei hwyliau wedi troi, yn aros i Sali ddod adra. Roedd Sali yn gwybod ei bod yn well iddi geisio cadw o'i ffordd ar yr adegau hynny a cheisio cadw'n brysur yn tacluso neu'n glanhau, neu'n gwneud unrhyw beth oedd yn

plan(iau) – *plan(s)*	**mymryn** – *a bit*
toedd – *hadn't (she)*	**swatio** – *to nestle, to snuggle*
ei hwyliau wedi troi – *her mood had changed*	

golygu nad oedd hi'n gorfod eistedd a gwrando ar eiriau cas ei mam.

Ond doedd dim angen gwneud hynny erbyn hyn. Roedd Sali wedi synnu pa mor daclus oedd tŷ yn medru bod efo dim ond un person yn byw ynddo.

Aeth i fyny'r grisiau a thynnu iwnifform y siop, fel neidr yn tynnu ei chroen. Gwisgodd bâr o jîns newydd amdani, a gwisgo'r siwmper binc roedd rhywun rhyw dro wedi dweud ei bod yn ei siwtio. Penderfynodd hefyd dynnu ei chlustdlysau aur a rhoi rhai plastig rhad yn eu lle. Clymodd ei gwallt o'r ffordd. Yna, edrychodd Sali arni ei hun yn y drych. Estynnodd am y minlliw oedd ar y bwrdd cyfagos a thaenu hwnnw dros ei gwefusau. Gwenodd. Roedd hi'n edrych yn ffres ac yn ifanc ac yn barod i helpu.

Wedi gweld yr hysbyseb yn y papur oedd hi, un pnawn Sul ryw bythefnos yn ôl, pnawn oedd i'w weld yn ymestyn am byth a hithau efo dim i'w wneud erbyn hyn.

'Y CAFFI CAWL'

OES GENNYCH CHI AWR NEU DDWY I'W SBARIO?

RYDAN NI ANGEN EICH HELP!

AM FWY O FANYLION, CYSYLLTWCH AR Y RHIF YMA…

Roedd hi wedi ffonio'r rhif yn syth ac wedi siarad efo dyn clên o'r enw Carl. Eglurodd mai elusen oedd yn cynnig bwyd i'r digartref oedd 'Y Caffi Cawl', ac oherwydd bod yna fwy a mwy

clustdlws (clustdlysau) – *earring(s)*	
cyfagos – *nearby*	**taenu** – *to spread*
ymestyn – *to stretch*	**sbario** – *to spare*
manylyn (manylion) – *detail(s)*	**elusen** – *charity*

o alw am eu gwasanaeth y dyddiau yma, roedden nhw'n chwilio am fwy o wirfoddolwyr i helpu.

Cyn pen dim, roedd Sali wedi cytuno i fynd draw i'r gegin ddwy noson yr wythnos a phob yn ail ddydd Sul. Ar ôl diffodd y ffôn, roedd hi wedi mynd yn oer drosti o sylweddoli beth roedd hi wedi cytuno iddo ac roedd hi bron â ffonio'n ôl yn syth a dweud bod yr holl beth wedi bod yn gamgymeriad. Ond wrth i bum munud fynd yn ddeg ac yna'n awr, roedd hi'n mynd yn anoddach ac yn anoddach iddi ffonio'n ôl a newid y trefniadau.

Roedd y lle braidd yn anodd i gael hyd iddo, er bod Sali wedi dilyn y cyfarwyddiadau yn ofalus. Efallai ei bod hi'n disgwyl gweld rhyw adeilad mawr melyn ac arwydd mawr coch hapus oedd yn gwahodd unrhyw un oddi ar y stryd i ddod draw am help. Syniad gwirion oedd hynny, o feddwl eto. Adeilad llwyd oedd o, wedi ei wasgu rhwng dau adeilad mawr oedd yn edrych fel tasen nhw wedi bod yn adeiladau pwysig ryw dro. Adeilad disylw, adeilad roedd rhaid i chi wybod amdano er mwyn cael hyd iddo. Doedd dim hyd yn oed arwydd uwchben y drws, ond ar ôl i Sali fynd ychydig yn nes ato, gwelodd fod yna bapur wedi dechrau mynd yn felyn yn sownd yng ngwydr y drws, a'r geiriau 'Caffi Cawl, 7 tan 10 bob nos' wedi eu printio arno. Yna, o dan hwnnw y geiriau 'Canwch y gloch'.

Pwysodd Sali ei bys ar y gloch fach flinedig yr olwg, ac ymhen ychydig eiliadau, clywodd draed yn dod yn nes.

Agorodd y drws a safai dynes fach frwdfrydig mewn dyngarîs gwyrdd o'i blaen.

'Sori ond dan ni'm yn agor tan saith o'r gloch.'

gwirfoddolwr (gwirfoddolwyr) – *volunteer(s)*

trefniadau – *arrangements* | **cyfarwyddiadau** – *directions*

disylw – *unimposing* | **brwdfrydig** – *enthusiastic*

Cafodd Sali ei boddi gan y sŵn oedd yn dod o'r tu ôl i'r ddynes fach: sŵn llestri'n tincial, sŵn sosbenni'n atseinio, pobol yn sgwrsio ac yn chwerthin, sŵn bywyd.

'Helpu, wedi dŵad yma i helpu…' meddai Sali.

'I helpu! Wel, gwych! Dewch draw, dewch draw, i mi gael eich cyflwyno chi i bawb. Haf dw i, gyda llaw.'

Cyn i Sali gael cyfle i ateb hyd yn oed, roedd Haf wedi arwain Sali i gyfeiriad y gegin, gan basio byrddau crwn efo lliain bwrdd arnyn nhw a blodyn lliwgar mewn potel lefrith ar bob bwrdd. Doedd neb yn eistedd yno eto.

'Mae Caffi Cawl bron iawn yn barod ar gyfer y cwsmeriaid cynta!' meddai Haf. 'Mi fyddan nhw'n dechrau cyrraedd mewn munud, fesul un neu ddau fel arfer. Dan ni'n nabod y regiwlars yn iawn, ond dan ni'n gweld mwy a mwy o bobol newydd. Mae'r stryd yn lle i bawb erbyn hyn, yn anffodus.'

'Cyffuriau?' gofynnodd Sali, er mwyn dangos ei bod wedi meddwl am y pwnc, dim jest wedi dod yno er mwyn cael rhywbeth i lenwi ei horiau gwag.

'Ia… Ac mae alcohol yn dal yn broblem hefyd,' meddai Haf. 'Mae'n dal i ddifetha bywydau.'

Ddywedodd Sali ddim byd, dim ond nodio ei phen. Aeth Haf ymlaen.

'Heb sôn am y bobol sydd mewn gwaith ond yn methu talu rhent.'

Erbyn hyn, roedden nhw wedi cyrraedd y gegin.

'Ac wedyn mae'r pethau arferol: ffrae deuluol, pobol yn meddwl bod cysgu allan dan y sêr yn well na byw dan yr un to â'r teulu.'

tincial – *to tinkle*	**cyffur(iau)** – *drug(s)*
difetha – *to spoil*	**ffrae** – *squabble*

'Trist,' meddai Sali, a meddwl cymaint o weithiau roedd hi wedi syllu allan ar y nos o'i stafell wely, gan ddymuno bod yn rhywle arall, yn unrhyw le arall ond adra.

Ond fe aeth y noson gyntaf honno yn Caffi Cawl yn ddidrafferth iawn. Roedd y 'cwsmeriaid' wedi dechrau cyrraedd yn syth ar ôl i'r drysau gael eu hagor am saith, fesul un neu ddau, yn union fel roedd Haf wedi ei ddweud. Cafodd Sali edrych ar beth oedd yn digwydd i ddechrau o'r gegin. Ar ôl i bawb eistedd, roedd pob bwrdd yn cael ei alw yn ei dro, i osgoi un ciw hir. 'Mae'r rhein wedi bod ar eu traed ddigon drwy'r dydd,' roedd Haf wedi ei ddweud. 'Mae'n braf iddyn nhw gael eistedd yn gyfforddus yn rhywle cyn cael bwyd.'

Roedd tri o bobol wedyn yn gweini'r cawl wrth ymyl ffenest fach oedd yn agor allan o'r gegin. Roedd un yn gyfrifol am y bowlen, un y gyfrifol am godi'r cawl o sosban enfawr ac un arall yn rhoi rôl o fara i bawb.

Wrth i Sali syrthio i'w gwely'r noson gyntaf honno, wedi blino'n lân, teimlai'n falch ei bod wedi ymateb i'r hysbyseb. Cysgodd yn drwm y noson honno, ac ni ddaeth yr un breuddwyd cas i'w deffro yng nghanol y nos.

'Ti'n edrych yn hapus iawn y dyddia yma, Sali,' meddai Cemlyn un noson wrth iddo ddod i du blaen y siop i gyflawni'r ddefod ddyddiol o droi'r arwydd 'Ar gau' i wynebu'r stryd.

'Ydw i?' gofynnodd Sali yn ysgafn, ond wnaeth hi ddim mentro dweud mwy wrtho. Doedd hi ddim isio dechrau rhannu'r profiad efo neb arall. Basai helpu yn Caffi Cawl yn swnio'n rhywbeth rhyfedd i'w wneud i bobol o'r tu allan, ella, a hithau wedi cael cymaint o flynyddoedd o edrych ar ôl ei mam.

didrafferth – *without trouble*	**enfawr** – *huge*
ymateb – *to respond*	**defod** – *ceremony, ritual*

Ond roedd Cemlyn yn llygad ei le. Roedd hi'n teimlo'n wahanol ers iddi ddechrau gwirfoddoli yn Caffi Cawl, ac roedd hi'n edrych ymlaen at y ddwy noson yr wythnos pan oedd hi'n mynd draw yno i ymuno efo nhw.

Roedd Sali wedi bod yn mynd yno ers tua thair wythnos pan welodd y ferch. Erbyn hyn, roedd Sali wedi cael cyfle i gymryd rhan ym mhob agwedd o redeg y caffi, ac roedd hi wedi dechrau dod i nabod y staff i gyd a'r cwsmeriaid hefyd. Ond doedd hi erioed wedi gweld hon yma o'r blaen. Wel, i fod yn hollol glir, roedd Sali yn gwybod yn iawn ei bod wedi ei gweld o'r blaen, ond ddim yn y caffi.

Codi'r cawl i bowlenni oedd tasg Sali y noson honno, ac roedd hi o'r diwedd wedi meistroli'r dechneg o godi'r cawl i'r bowlen heb wneud llanast! Teimlai falchder mawr o fedru gwneud hynny'n llwyddiannus ac wrth iddi roi un bowlen i'r cwsmer, edrychodd ar wyneb y person a gwenu. Ond aeth ias oer drwyddi wrth gyfarfod y llygaid glas. Syllodd y ddwy ar ei gilydd am beth oedd yn teimlo fel amser hir, ond mae'n siŵr mai eiliad neu ddau oedd o a dweud y gwir.

'Ti'n iawn?' gofynnodd y dyn oedd yn sefyll wrth ei hymyl.

'Y... ydw... y...'

Rhoddodd Sali'r bowlen o gawl i'r ddynes, ac yna edrych yn ôl i lawr ar y crochan mawr o'i blaen.

'Diolch!' meddai'r ferch, ond doedd Sali ddim yn medru dweud dim byd yn ôl. Wrth lwc, roedd person arall yn dal ei

yn llygad ei le – *spot on*	**agwedd** – *aspect*
meistroli – *to master*	**techneg** – *technique*
llanast – *mess*	**balchder** – *pride*
lwyddiannus – *successful*	**ias** – *shiver, frisson*
crochan – *pot*	

bowlen wag er mwyn i Sali ei llenwi, felly chafodd hi ddim amser i feddwl mwy am y peth nac i dynnu mwy o sylw ati ei hun.

Roedd hi'n ddeg o'r gloch ac yn amser i'r caffi gau ei ddrysau tan y noson wedyn. Doedd Sali a gweddill y staff byth yn hoff iawn o'r amser yma, achos roedd hi'n anodd iawn gorfod hel y bobol yn ôl allan i'r stryd unwaith eto. Ond doedd gan y criw ddim arian i fedru llogi'r neuadd am fwy na phedair awr, ac roedd hi'n anodd gofyn i'r gwirfoddolwyr aros yn hwyrach na hynny beth bynnag. Roedd gan bawb gartre cynnes yn disgwyl amdanyn nhw, wedi'r cyfan.

Fel arfer, roedd yna griw bach yn dal i aros wrth y byrddau yn sgwrsio ac yn loetran cyn gorffen eu paned gynnes, gan esgus eu bod nhw heb glywed Haf yn galw.

'Mae'r caffi'n cau rŵan, bobol. Rhaid i ni adael yr adeilad rŵan, sori.'

O ddiogelwch y gegin, lle roedd hi erbyn hyn yn helpu i sychu a chadw'r llestri, roedd Sali yn gallu gweld yr olygfa'n glir. Roedd 'hi' yn dal wrth y bwrdd, ac yn siarad yn ddistaw efo rhyw ddyn arall, ac roedd y ddau yn chwerthin bob hyn a hyn, ac yna'n ysgwyd eu pennau. Sylwodd Sali fod ei gwallt, oedd yn arfer bod yn gynffon felyn perocsid, yn gynffon seimllyd dywyll. Roedd cysgodion du o dan y llygaid glas, a'r pantiau yn ei bochau yn arwydd ei bod wedi cael bywyd caled. Ond hi oedd hi, doedd dim dwywaith am hynny. Joyce Simpson! Y ferch oedd wedi gwneud bywyd Sali'n uffern ar y ddaear am bum mlynedd gyfan yn yr ysgol. Y ferch oedd yn disgwyl amdani rownd corneli ar yr iard amser egwyl, y ferch oedd yn dal i ddisgwyl amdani yn aml rownd corneli ei breuddwydion.

llogi – *to hire*	**loetran** – *to loiter*
seimllyd – *greasy*	**pant(iau)** – *hollow(s)*

'Sali! Wnei di?'

Torrodd llais Haf ar draws ei meddyliau.

'Sori? Wna i beth?' holodd Sali'n ddryslyd.

'Wnei di jest fynd allan i helpu i glirio'r byrddau, plis? Mae Siôn wedi gorfod gadael yn gynt heno. Pen-blwydd priodas, ac mi fydd yng nghwt y ci os fydd o wedi anghofio cael blodau ar y ffordd adra! Dipyn o ddraig ydy'r wraig!'

'Iawn...' mwmialodd Sali yn isel, a mentro allan at y byrddau.

Penderfynodd na fasai hi ddim yn dweud yr un gair wrth Joyce Simpson ac y byddai hi'n esgus nad oedd hi'n ei nabod. Roedd o'n rhywbeth fyddai'n hawdd iawn ei wneud, a hithau wedi newid cymaint. A chyda lwc, ella'i bod hithau, Sali, wedi newid digon hefyd, ac yn edrych fel dynes aeddfed oedd yn gwybod beth oedd ei rôl yn y byd. Ond roedd y ffordd roedd Joyce wedi edrych arni'n gyrru ias oer drwyddi.

Felly, rhoddodd Sali ei phen i lawr wrth glirio'r byrddau, gan beidio sgwrsio o gwbwl efo'r bobol fel roedd hi'n arfer ei wneud, er mai hyn oedd ei hoff ran o'r gwaith. Ond heno roedd hi jest isio gadael y lle, a diflannu yn ôl i'w thŷ a chau'r drws ar y byd.

Wrth iddi gyrraedd y bwrdd lle roedd Joyce yn eistedd, gallai deimlo llygaid Joyce yn llosgi i mewn iddi. Yna rhoddodd Joyce ei llaw dros law Sali a'i gorfodi i edrych arni.

'Ti'n debyg iawn i rywun, sti,' meddai Joyce, a'i llais yn isel fel tasai ei gwddw yn llawn o gerrig mân.

'Ydw i?'

'Sophia Loren, ia, dol?' meddai'r hen foi oedd yn eistedd wrth

---

dryslyd – *confused* **mwmial** – *to mumble*

aeddfed – *mature*

ymyl Joyce, a chwerthin fel plentyn ar ben ei jôc ei hun. Wnaeth Sali a Joyce ddim cymryd sylw ohono.

'O, wyt. Yr un llais. Yr un llygaid. Tydi'r llygaid byth yn newid, nac ydyn? Dim ots beth maen nhw wedi ei weld…'

Syllodd y ddwy ar ei gilydd eto.

Llyncodd Sali ei phoer a theimlo'n sâl.

'Dach chi wedi gwneud camgymeriad,' meddai Sali, gan symud ei llaw i ffwrdd.

Yna daeth aelod o'r staff ati a gofyn iddi, wrth ei henw, gasglu'r blodau yn y poteli bach a'u rhoi nhw mewn bocs. Wnaeth Sali ddim cymryd fawr o sylw o'r cyfarwyddiadau, ond nodiodd ei phen a dweud 'Iawn'.

'Sali,' meddai Joyce a gwenu gwên dannedd nicotin. 'O'n i'n gwbod! Sali Parry! Ysgol Cae Glas! Dw i'n dy gofio di rŵan! A ti'n fy nghofio fi, dwyt, Sali?'

Doedd dim pwynt i Sali wadu unrhyw beth erbyn hyn.

'A rwyt ti… a fi… dan ni wedi gweld mwy nag y dylen ni, yn do, Sali?'

'Dw i ddim yn gwbod beth wyt ti'n feddwl…' dechreuodd Sali, ond dim ond gwenu wnaeth Joyce. Doedd y wên ddim i weld yn perthyn iddi, neu ddim i'r Joyce roedd Sali yn ei chofio o'i dyddiau ysgol, beth bynnag. Roedd hi'n wên gynnes, yn wên garedig. Gwên rhywun oedd yn ei chofio oedd hon, yn ei nabod, yn ei dallt hi, Sali Parry. Gwên rhywun oedd yn gwybod.

'Sali?' galwodd rhywun arni o rywle, gan ei llusgo'n ôl i realiti.

'Rhaid i mi fynd… Joyce,' meddai Sali.

'Stedda efo fi. Plis, Sali, stedda am funud i siarad efo fi. I mi gael cofio pwy ydw i.'

---

llyncu poer – *to gulp* **gwadu** – *to deny*

'Sori, sgen i'm…'

'Plis? Plis, Sali?'

Edrychodd y ddwy ar ei gilydd. Aeth Joyce ymlaen.

'Ti'n angofio pwy wyt ti, sti. Pan ti'n eistedd ar y palmant. Yn edrych i fyny ar y bobol sy'n pasio heibio, yn cogio eu bod nhw ddim yn dy weld di. Neu os ydyn nhw'n edrych arnat ti, maen nhw'n gwneud i ti deimlo fel lwmp o faw…'

Edrychodd Joyce i lawr ar y gwpanaid o de yn ei llaw. Sylwodd Sali fod ei dwylo'n crynu.

'Ti'n anghofio pwy wyt ti…' meddai Joyce wedyn, yn ddistawach, a chymryd llwnc o'r te.

'Dw i'n dy gofio di, Joyce…' meddai Sali, a sylwodd mai dagrau oedd yn sgleinio yn llygaid Joyce, yn gwneud i galedwch ei hwyneb fynd yn feddal am eiliad.

'Dan ni yma, beth bynnag. Dal yma, tydan, Sali? Er gwaetha pob dim.'

'Ydan,' meddai Sali.

'Sgen bobol ddim syniad, sti. Ddim go iawn. Sut oedd hi arnan ni…'

Daeth rhyw lwmpyn mawr i wddw Sali. Gwenodd Joyce arni, yn gwybod, yn deall.

'Rhaid i mi…'

'Sgen ti'm dau funud, Sali? Dau funud?'

Gwnaeth Sali'r llestri i gyd yn bentwr simsan a hanner cerdded, hanner rhedeg yn ôl i'r gegin.

Pan ddaeth allan o'r gegin ryw bum munud yn ddiweddarach, roedd y bwrdd lle roedd Joyce wedi bod yn eistedd yn wag.

palmant – *pavement*	**cogio** – *to pretend*
llwnc – *gulp*	**caledwch** – *hardness*
pentwr – *pile*	**simsan** – *unsteady*

Dyna'r tro olaf i Sali weld Joyce yn y caffi neu yn unman arall.

Dim ond digwydd gweld yr erthygl yn y papur newydd wnaeth hi, dros frechdan ham yn stafell gefn y siop efo Cemlyn ryw amser cinio.

'Ew, toes 'na rai pobol yn cael bywydau anodd, dwed!' meddai Cemlyn gan ysgwyd ei ben, cyn sefyll i fyny a tharo'r papur newydd ar y gadair.

'Reit, gwaith yn galw! Unwaith eto yng Nghymru annwyl!'

Ar ôl iddo adael y stafell, cododd Sali'r papur newydd a dechrau darllen. Doedd hi ddim yn erthygl hir, ac roedd hi wedi ei gwasgu i mewn ar waelod tudalen deg, rhwng stori am ddyn oedd wedi ennill ar y loteri Ewropeaidd a stori am beryglon baw ci mewn parciau chwarae. Cadarnhau manylion y person digartref gafodd ei ddarganfod yn farw mewn parc ryw wythnos ynghynt roedd yr erthygl. Dynes oedd hi. Yn ei phedwardegau. A'r enw oedd Joyce Simpson.

Gadawodd Sali'r siop yn gynnar y diwrnod hwnnw gan ddweud nad oedd hi'n teimlo'n dda. Aeth adra, mynd yn syth i'w gwely a chrio mwy nag y criodd hi erioed yn ei bywyd. A doedd hi ddim yn siŵr ai dros Joyce 'ta drosti ei hun roedd y dagrau.

Rhyw dri diwrnod wedyn, roedd yr haul yn gwenu a glaw y noson gynt wedi glanhau'r ffenestri'n lân. Cododd Sali'n gynnar a chario'r holl boteli jin gweigion oedd wedi eu cuddio drwy'r tŷ i lawr at y sgip ailgylchu mawr ar waelod y stryd. Wedyn, aeth yn ôl adra a gwneud llond gwlad o fflapjacs, gan eu rhoi mewn tun i fynd efo hi i'r gwaith. Mi fasai'n braf iddi gael rhannu'r fflapjacs

erthygl – *article*	**brechdan** – *sandwich*
darganfod – *to discover*	**gweigion** – *empty (plural)*
ailgylchu – *recycling*	

efo Cemlyn dros baned yn y stafell fach gefn. Teimlai'n siŵr nad oedd o'n bwyta'n dda iawn adra.

Stafell Ddu

Euron Griffith

Os dach chi'n enwog mae hi'n bwysig bod yn gwrtais. Dydi dweud 'diolch' a gwenu pan mae rhywun yn eich stopio chi yn y stryd – neu'n gofyn ydi hi'n iawn i dynnu llun ar ei iPhone – yn costio dim. Dyna pam dw i wastad yn gwrtais, byth yn flin; byth yn colli fy nhymer. Wrth gwrs, dim *fi* sy'n enwog. Y *tŷ* ydi'r seren. Heb y tŷ dw i'n ddim byd. Hardy heb Laurel. Wise heb Morecambe. Ronnie heb Ryan. Pan dw i allan yn y dre – yn siopa yn Tesco neu'n digwydd picio am chwa o awyr iach – prin iawn ydi'r ymwelwyr sy'n fy nabod. Yn fy anorac a jîns dw i jyst fel unrhyw berson cyffredin arall. Ond cyn gynted â dw i'n eistedd tu allan i'r tŷ, dw i'n troi yn seléb.

Fy rhieni oedd biau'r tŷ. A nhw wnaeth ei etifeddu oddi wrth fy nhaid. Ac mae'n debyg bod fy nhaid wedi ei etifeddu oddi wrth ei gyndeidiau. Mae'r tŷ yn hen. Yn ôl rhai – cymeriadau trist a phenderfynol sy'n chwilota i'r pethau yma – mae'n debyg mai 'Tŷ'r Wennol' ydi'r tŷ hynaf yn y dre. Yn y sir ella. Yng Nghymru gyfan yn ôl rhai. Tŷ'r Wennol – yn edrych allan ar y môr tuag at Iwerddon. Canrifoedd o halen a baw gwylanod wedi eu hamsugno i mewn i'r cerrig a'r sment. Pwy wnaeth

chwa o awyr iach – *gust of fresh air*

cyndaid (cyndeidiau) – *forefather(s)*

chwilota – *to search, to investigate*

gwennol – *swallow* **gwylan(od)** – *seagull(s)*

amsugno – *to absorb*

gario'r holl gerrig? Pwy bynnag oedden nhw, mi oedden nhw'n ddynion cryf oherwydd mae ambell garreg mor fawr ag olwyn lorri. Weithiau, wrth i mi eistedd yn yr ardd fach yn y ffrynt yn ystod yr haf, mi fydda i'n edrych ar y cerrig ac yn ceisio dychmygu sut y cafon nhw eu rhoi yn eu lle. Mae'n rhaid iddo fod fel jig-so trwm a chywrain – un garreg yn ffitio yn erbyn y llall, yn dwt ac yn ddidrafferth. Oedd, mi oedd pwy bynnag wnaeth adeiladu Tŷ'r Wennol yn grefftwyr heb eu hail.

Erbyn hyn dw i yma ar fy mhen fy hun. Mae'n debygol fod ambell un yn y dre – y rhai 'gwleidyddol gywir' – yn ystyried hyn yn wastraff. Wedi'r cyfan, mae yna bedwar llawr i'r tŷ ac wyth ystafell wely. Hyd yn oed pan oedd Mari a'r plant yma, roedd yna ddigon o le. Roedd hi'n berffaith bosib i mi eistedd yn y stafell gefn a darllen y papur heb glywed siw na miw wrth i'r plant chwarae mewn rhan arall o'r tŷ. Weithiau mi fasai rhywun yn medru meddwl ei fod o neu hi ar ei ben ei hun. Wrth gwrs, roedd y fath dawelwch yn medru bod yn eithaf anodd i ddelio ag ef weithiau, ac efallai mai dyna sut ddaeth Mari a'r plant i gasáu'r lle.

Ar y cychwyn roedd byw mewn anferth o dŷ, reit ar lan y môr, yn ddeniadol ac yn gyffrous – yn enwedig i'r plant. Mi oedden nhw wrth eu boddau'n rhedeg ar hyd y coridorau tywyll, hir, yn gweiddi ac yn smalio bod yn farchogion mewn

---

cywrain – *intricate*

crefftwr (crefftwyr) – *craftsman (craftsmen)*

heb eu hail – *second to none*

gwleidyddol gywir – *politically correct*

gwastraff – *waste* | **siw na miw** – *not a peep*

deniadol – *attractive* | **smalio** – *to pretend*

marchog(ion) – *knight(s)*

hen gastell. Ond, ar ôl tipyn, mi ddaeth yr antur fawr yn dipyn o boen. Doedd Mari ddim wedi meistroli'r grefft o fod yn gwrtais. Doedd hi ddim yn deall ei fod yn rhan o'r pris roedd rhaid ei dalu am gael cartre hynafol mor hardd. Mae hi wedi mynd nawr ers tair blynedd. Y plant hefyd. Wna i fyth glywed eu lleisiau nhw eto, na sŵn eu traed. Ond eto, mewn ffordd, maen nhw'n dal yma efo fi. Ac mae hynny yn gysur.

'Ga i dynnu llun? Dach chi'n meindio?'

Dyna beth maen nhw'n ei ofyn. O leiaf, dyna beth mae'r rhai cwrtais yn ei ofyn. Mae'r rhan fwyaf o bobol yn estyn eu ffonau a'u camerâu heb ofyn, ac yn sefyll ar y palmant tu allan yn cymryd cymaint o luniau ag y maen nhw eu hangen. Misoedd yr haf ydi'r gwaethaf ac mae'n siŵr fod hyn yn naturiol. Yn ystod misoedd Mehefin a Gorffennaf mae'r bysus a'r ceir yn heidio i mewn i'r dre, ac os ydi'r haul yn tywynnu (neu os ydi hi'n bwrw glaw hyd yn oed), maen nhw'n cerdded i lawr ac ar hyd y prom, ac un o'r pethau cyntaf maen nhw'n ei weld ydi Tŷ'r Wennol. Erbyn hyn dw i wedi hen arfer sbio allan drwy ffenest y lolfa a gweld torf o tua ugain o bobol yn edrych yn ôl ata i. Wel, dim ata *i* yn union. Edrych ar y *tŷ* maen nhw. A phwy fedr eu beio nhw? Mae o'n dŷ gwerth ei weld. Y *tŷ* ydi'r seren. Wastad y *tŷ*.

'Mae'n ddrwg gen i eich poeni, ond... wel... tybed fasai hi'n bosib i mi...'

'Weld y tu mewn?'

Mae'r gŵr oedd wedi cnocio ar y drws yn ei dridegau hwyr. Mae ganddo gamera Canon rownd ei wddf ac mae ei sbectol

antur – *adventure*	**hynafol** – *ancient*
cysur – *comfort*	**heidio** – *to flock*
tywynnu – *to shine*	**sbio** – *to look, to spy*
torf – *crowd*	**beio** – *to blame*

haul wedi ei gwthio yn ôl dros ei wallt – neu hynny o wallt sydd ganddo. Mae yna gacynen yn sïo o gwmpas ei glust ac mae'r gŵr, druan, yn ceisio ei orau i'w hanwybyddu, ond yn y diwedd mae'n rhaid iddo chwifio ei fraich er mwyn ei hel i ffwrdd.

'Â chroeso,' meddaf innau.

Mae yna syndod ar wyneb y gŵr.

'Dach chi'n siŵr?'

Doedd o ddim wedi disgwyl ymateb mor bositif. Ond mae cwrteisi'n bwysig. Dim pawb fasai wedi cnocio ar y drws. Dim pawb fasai wedi bod mor ddewr â gofyn. Mae'r rheini'n brin. Ac maen nhw'n haeddu triniaeth arbennig.

'Dewch i mewn,' meddaf i, gyda gwên.

Dw i'n sefyll yn ôl ac yn estyn fy mraich i'w arwain i mewn. Mae'r gŵr yn lletchwith am eiliad neu ddwy, ac yn sychu ei ddwylo chwyslyd ar ei drowsus cwta.

'Diolch.'

Dw i'n cau'r drws ar ei ôl.

'Seimon,' meddai o, gan estyn ei law nawr ei bod hi'n llai chwyslyd. 'Seimon Rowlands. O Benygroes.'

'Braf cyfarfod â chi, Seimon,' meddaf i. 'Seimon Rowlands o Benygroes.'

Mae Seimon yn gwenu fel plentyn. Dw i'n ysgwyd ei law a dw i'n sylwi bod ei dalcen yn sgleinio. Mae'n estyn hances bapur o boced ei drowsus cwta ac yn sychu ei dalcen.

'Ffordd hyn,' meddaf i.

cacynen – *bumble bee*	**sïo** – *to buzz*
anwybyddu – *to ignore*	**syndod** – *surprise*
triniaeth – *treatment*	**lletchwith** – *awkward*
chwyslyd – *sweaty*	**cwta** – *short*
talcen – *forehead*	

Dw i'n cau'r drws ar y byd tu allan ac, wrth i ni gerdded i mewn i'r tŷ, mae sisial y môr yn diflannu a'r unig sŵn ydi ein sandals yn slapio'r cerrig ar y llawr.

'Y fath dawelwch,' meddai Seimon, yn amlwg wedi ei syfrdanu. 'Pwy fasai'n credu'r peth?'

'Hen dai, Seimon,' meddaf i. 'Meini a cherrig yn hytrach na brics a phren. Ers talwm roedd pobol yn parchu crefft. Roedd ein teidiau a'n hen deidiau yn adeiladu ar gyfer y cenedlaethau i ddod. Erbyn hyn mae pobol wedi anwybyddu'r grefft o adeiladu. A'r unig reswm mae tai'n cael eu codi o gwbwl ydi oherwydd arian. A dyna pam, wrth gwrs, maen nhw'n dila ac yn fregus.'

Mae Seimon yn nodio.

'Digon gwir. Dw i'n byw mewn byngalo modern ym Mhenygroes ac mae'r waliau'n symud bob tro mae yna storm! Ac mae hi'n amhosib anwybyddu synau o rannau eraill o'r tŷ. Y plant, er enghraifft, efo'u Playstations!'

Mae'n gwenu ac yn rhowlio ei lygaid. Dw i'n hanner gwenu yn ôl.

'Does dim sŵn fan hyn, Seimon. Tasech chi'n sgrechian ar dop eich llais fasai neb yn eich clywed chi.'

'Oes gennych chi blant, Mr... ym...?'

Dw i'n edrych arno am eiliad, gan deimlo fy hanner gwên yn diflannu.

'Mi oedd yna.'

sisial – *murmur, whisper*	**syfrdanu** – *to shock*
maen (meini) – *stone(s)*	**parchu** – *to respect*
cenedlaethau – *generations*	**tila** – *frail, feeble*
bregus – *fragile*	

'O,' meddai Seimon, yn synhwyro efallai ei fod wedi taro nerf. 'Reit.'

Mae'n siŵr ei fod wedi gobeithio am unrhyw fath o sŵn, rhywbeth i dynnu sylw oddi wrth ei embaras. Ond does dim byd i'w glywed.

'Wel,' meddai fo, gan chwerthin yn nerfus. 'Pwy fasai'n meddwl ei bod hi'n ganol haf tu allan? Mae'r lle yma fel rhewgell!'

Mae ei dalcen erbyn hyn yn berffaith sych.

Dan ni'n cerdded eto.

'Byddwch yn ofalus, Seimon, tydi'r cerrig ar y llawr ddim yn berffaith esmwyth. Hyd yn oed yng nghanol dydd mae'r hen goridorau yma'n dywyll. Yn naturiol dw i wedi ceisio gosod golau trydan ond, yn anffodus, mae'r waliau'n rhy drwchus. Mae gen i dortsh fach fan hyn. Un rad o'r farchnad. Mae'r batris bron â mynd, ond mae'n eithaf handi weithiau. Yng nghanol nos er enghraifft. Pan dw i angen y tŷ bach!'

Dw i'n fflicio'r dortsh fach ymlaen. Mae'r golau braidd yn wan.

'Waw,' meddai Seimon. 'Mae hwn yn fy atgoffa i o hen gastell. Conwy neu Gaernarfon.'

'Ac yr un mor hen.'

'O *ddifri*?'

'Yn ôl yr arbenigwyr mae rhannau o'r tŷ yn dyddio'n ôl i'r ddegfed ganrif.'

'Waw!'

'Y waliau yma er enghraifft. Mi oedden nhw'n rhan o fynachdy, mae'n debyg. Ond fe gafodd ei losgi i'r llawr. Dim

synhwyro – *to sense*	**esmwyth** – *smooth*
dyddio'n ôl – *to date back*	**mynachdy** – *monastery*

ond sgerbwd yr hen le sydd ar ôl erbyn heddiw.'

Mae Seimon yn stopio.

'Oes yna ysbrydion?'

Dw i'n stopio hefyd ac yn troi tuag ato, fy wyneb – reit siŵr – mewn hanner cysgod oherwydd y dortsh. Dw i'n gostwng fy llais yn ddramatig.

'Beth? Fel sŵn mynachod yn canu yng nghanol nos dach chi'n feddwl? Neu rywun yn sgrechian?'

Mae Seimon yn nodio, ei dalcen yn dal yn sych. Ei wyneb yn wyn.

Saib.

Wedyn dw i'n gwenu ac yn rhoi fy llaw ar ei ysgwydd yn frawdol.

'Na,' meddaf innau gan chwerthin. 'Peidiwch â phoeni, Seimon. Does byth sŵn sgrechian fan hyn. Dim byd ond tawelwch.'

'Ffiw,' meddai Seimon. 'Diolch byth am hynny.'

Dan ni'n cyrraedd y gegin ac, ar ôl y coridor tywyll, mae'n hawdd gweld bod yr ystafell yma'n dipyn o siom i Seimon. Wrth gwrs, mae'n ceisio cuddio'r ffaith drwy fod yn gwrtais, ond y gwir ydi fod yna ddim byd dramatig fan hyn, dim byd ond y cyfleusterau arferol, megis cypyrddau, peiriant golchi, rhewgell, stof a rhes o fygiau. Yn wahanol i'r coridor mae yna drydan, felly dw i'n diffodd y dortsh â chlic er mwyn arbed beth sydd ar ôl o'r batris.

sgerbwd – *skeleton*	**ysbryd(ion)** – *ghost(s)*
gostwng – *to lower*	**mynach(od)** – *monk(s)*
saib – *pause*	**brawdol** – *brotherly*
cyfleuster(au) – *amenity (amenities)*	**megis** – *such as*
mẁg (mygiau) – *mug(s)*	**arbed** – *to save*

'Neis,' meddai Seimon, gan edrych o gwmpas fel rhywun yng nghwmni gwerthwr tai.

'Mae'n ddrwg gen i fod y gegin ddim mor gyffrous ag oeddech chi'n gobeithio.'

'Dim o gwbwl.'

Mae'n cydio yn ei gamera er mwyn ceisio dangos bod ganddo ddiddordeb brwd yn y rhewgell a'r peiriant golchi. Mae Seimon yn tynnu lluniau o'r waliau, o'r llawr – bob dim. Wedi iddo orffen mae'n troi tuag ata i.

'Dw i'n ddiolchgar iawn i chi am hyn. Ydach chi'n estyn gwahoddiad i lawer o bobol i ddod mewn i weld y tŷ?'

'Dim ond i'r rhai cwrtais.'

Dw i'n synhwyro ei embaras.

'Mae croeso i chi dynnu mwy o luniau ar eich ffordd allan, Seimon, ond – fel person sy'n amlwg â diddordeb mewn hen dai hanesyddol – ddylen i ddim gadael i chi fynd heb i chi weld y Stafell Ddu.'

'Y Stafell... *Ddu*?'

'Dw i'n gwbod. Mae'r enw yn eitha dramatig ac mi oedd fy ymateb cynta innau yn debyg i'ch un chi. Ffordd hyn. Dewch.'

Mae Seimon yn fy nilyn fel plentyn, heibio'r rhewgell ac i lawr coridor arall – coridor sydd hyd yn oed yn dywyllach na'r un blaenorol. Coridor cul, isel ei do.

'Gwyliwch eich pen, Seimon. Fedrwch chi ei weld o? O'n blaenau ni?'

'Drws pren.'

'Ie. Ac mae'r goriad fan hyn. Yn fy mhoced.'

'Beth sydd tu ôl i'r drws?'

gwerthwr tai – *estate agent*	**brwd** – *enthusiastic*
blaenorol – *previous*	**goriad** – *key*

Mae yna elfen o ofn yn ei lais. Amheuaeth. Dw i'n stopio. Yn troi tuag ato.

'Does dim *rhaid* i mi agor y drws. Os oes well ganddoch chi fynd yn ôl, a thynnu llun arall o'r rhewgell neu'r peiriant sychu dillad, mae croeso i chi wneud. Fi oedd yn meddwl y basai gan ŵr fel chi – gŵr sy'n gwerthfawrogi hanes – dipyn o ddiddordeb, dyna'r cwbwl.'

Saib arall.

'Na,' meddai Seimon, yn chwerthin yn nerfus, gan sylweddoli bod dangos ofn yn blentynnaidd. 'Peidiwch â 'nghamddeall i. Dim pawb sy'n cael y fraint o weld tu mewn i'r hen dŷ anhygoel yma, dw i'n deall hynny. A dw i'n gweld hefyd fy mod i'n lwcus iawn i gael fy arwain yma at ddrws y… y…'

'Stafell Ddu.'

Dw i'n troi'r goriad yn y clo, yn gwthio'r drws ac mae'r oerni oddi mewn yn hyrddio allan tuag aton ni. Er gwaethaf hyn, mae Seimon yn symud yn agosach, yn estyn ymlaen yn ofalus er mwyn ceisio gweld tu mewn. Ond mae pob dim yn dywyll. Yn ddu fel y nos.

'Mae'n debyg mai hon oedd y stordy yn yr hen fynachdy ers talwm,' meddaf i.

'O? Stordy ar gyfer beth?'

'Pob math o bethau. Bwyd, diod. Hoffech chi weld?'

Dw i'n estyn y dortsh fach boced iddo, ond dydi Seimon ddim yn siŵr. Ac eto, dydi o ddim eisiau bod yn anghwrtais.

amheuaeth – *doubt*	**gwerthfawrogi** – *to appreciate*
plentynnaidd – *childish*	**camddeall** – *to misunderstand*
braint – *privilege*	**anhygoel** – *amazing*
hyrddio – *to drive, to push forward*	**stordy** – *storehouse*
anghwrtais – *impolite*	

Ac, wrth gwrs, dydi o ddim eisiau i mi feddwl ei fod yn ofnus. Mae'n cydio yn y dortsh.

'Diolch.'

Mae Seimon yn cerdded i mewn i'r Stafell Ddu. A dyna pryd dw i'n cau'r drws ar ei ôl.

A'i gloi.

Wrth i mi gerdded ar hyd y coridor tuag at y goleuni, gan hymian 'Y Dref Wen' i mi fy hun yn hamddenol, mae sgrechian a sŵn dyrnau Seimon yn curo'r drws yn distewi ac, erbyn i mi gyrraedd y brif lolfa, maen nhw wedi diflannu yn gyfan gwbwl.

Dw i'n rhoi'r tegell ymlaen, yn estyn cwdyn o PG Tips o'r cwpwrdd, yn ei ollwng i'r gwpan ac yn disgwyl. Erbyn hyn dw i'n dyfalu efallai fod Seimon, fel y rhai eraill o'i flaen, wedi deall bod sgrechian a churo'r drws ddim yn mynd i weithio. Fe fydd y golau o'r dortsh yn chwifio'n wyllt ar draws y waliau, a Seimon yn dechrau chwilio am ffordd arall allan yn rhywle. Yn y cefn efallai? Fe fydd yn dechrau camu ymlaen ond fe fydd yn teimlo bod y llawr dan ei draed yn anwastad. Fe fydd yn baglu dros y cerrig a'r darnau pren. Ymhen ychydig fe fydd yn cyrraedd pen draw y Stafell Ddu, ond does yna ddim drws, dim twll – dim ffordd allan. Mae llawer o bobol eraill wedi cael eu siomi yn yr un modd dros y blynyddoedd, fel y bydd Seimon yn ei ddarganfod wrth weld y cyrff a'r sgerbydau yng ngolau gwan y dortsh. Yn eu plith, mae Mari a'r plant – yn cydio yn ei gilydd, mewn heddwch o'r diwedd. Pan fydd y golau gwan yn diffodd am byth fe fydd Seimon yn sgrechian eto. Ond does neb yno i'w glywed. Neb ond y meirw.

hamddenol – *leisurely*	**cwdyn** – *bag*
anwastad – *uneven*	**heddwch** – *peace*
meirw – *the dead*	

A rhai gwael oedd y meirw am helpu erioed.

Mae'r tegell wedi berwi â 'chlic' clinigol. Ac efo fy mhaned a fy misged siocled blaen McVitie's yn fy nwylo, dw i'n eistedd wrth y ffenest. Ar y prom, mae yna griw bach o ymwelwyr yn tynnu lluniau o'r tŷ. Mae un yn codi llaw. Dw i'n gwenu ac yn codi llaw yn ôl. Wedi'r cyfan, does dim byd yn bwysicach na chwrteisi.

---

clinigol – *clinical*

'Nid mewn cwd mae prynu cath'
Dana Edwards

'Na, sori, dim un i ti,' meddai Elen, gan ysgwyd ei phen a gwneud llygaid mawr arno fe.

Ond roedd Chas yn dal i syllu arni hi, ei edrychiad yn dannod iddi'r *strawberry cream* roedd hi newydd ei gwthio i'w cheg. Edrychiad oedd yn dweud 'ddylet ti ddim chwaith'.

Roedd hi'n amlwg y byddai byw gyda hwn am y mis nesaf mor wael â byw gyda Sara, ei ffrind. Cofiodd eiriau Sara, wrth iddyn nhw ffarwelio â'i gilydd y diwrnod cynt.

'Cofia am y ddeiet, a chofia dy fod ti'n *allergic* i siocled – sbots, *acne*, bloneg...'

Bryd hynny roedd Elen wedi ymateb yn swta: 'A chofia di dy fod ti'n *allergic* i Ouzo – chwydu, pen tost, *gut-rot*...'

Tybed oedd Sara wedi cyrraedd Creta erbyn hyn? A tybed oedd hithau hefyd wedi ildio i demtasiwn? Hy! Hyd yn oed tasai Sara'n feddw dwll byddai haid o ddynion yno i'w helpu hi, fel picwns o amgylch pot mêl. O ildio i demtasiwn y bocs siocled, yr unig 'ffrindiau' newydd fasai Elen yn eu denu fasai dos arall o sbots. A mwy o badin fyth ar ei chluniau, oedd eisoes yn protestio ar ôl cael eu gwasgu i jîns maint 14. Os taw

dannod – *to reproach*	**swta** – *curt, abrupt*
ildio – *to give in*	**temtasiwn** – *temptation*
yn feddw dwll – *blind drunk*	**haid** – *crowd*
picynen (picwns) – *wasp(s)*	**denu** – *to attract*
clun(iau) – *hip(s)*	

panther gosgeiddig oedd Sara, bochdew bach bolgrwn oedd hi.

Ond mae'n siŵr na fasai hyd yn oed Sara ddim yn gweld bai ar Elen am agor y bocs Thorntons Continental roedd Dêf wedi ei adael iddi. Wedi'r cyfan, roedd y deuddeg awr diwethaf wedi bod yn straen. Ei bai hi, wrth gwrs, a neb arall. Beth gododd yn ei phen i dderbyn y fath swydd? Wel, roedd yr ateb i hynny'n amlwg – diffyg arian, benthyciad myfyriwr a oedd yn cynyddu fel pelen eira. Wrth gwrs, dylai hi fod wedi ceisio am swydd mewn caffi neu archfarchnad. Ond roedd y swydd hon yn swnio'n hawdd – gofalu am dŷ crand ym Mhenarth ac un anifail anwes tra bod y perchennog ar wyliau hwylio ym mhen draw'r byd.

Yn ystod y cyfweliad ffôn roedd hi wedi sicrhau ei chyflogwr, Dêf Pugh, ei bod yn ferch fferm oedd yn medru ymgodymu ag unrhyw beth! Ac roedd e wedi ei chredu hi! Wedi rhoi ei dŷ, a Chas, i'w gofal hi am fis cyfan. Doedd hi ddim wedi dweud celwydd, wel, ddim yn llwyr. Ond roedd hi wedi bod yn gynnil â'r gwirionedd. Doedd hi ddim wedi cyfaddef taw fferm ffrwythau oedd gan ei rhieni, heb yr un anifail byw yn agos i'r lle.

Ond doedd dim ots. Roedd Dêf wedi gadael rhestr hir yn manylu ar y manylion!

gosgeiddig – *graceful*	**bochdew** – *hamster*
bolgrwn – *round-bellied*	**gweld bai ar** – *to blame*
diffyg arian – *lack of cash*	**benthyciad** – *loan*
cynyddu – *to increase, to grow*	**sicrhau** – *to assure*
cyflogwr – *employer*	**ymgodymu â** – *to deal with*
cynnil â'r gwirionedd – *economical with the truth*	
cyfaddef – *to admit*	**manylu** – *to go into detail*

1) Bwyd organig (un cwpan a chwarter) ddwywaith y dydd, 7am a 7pm.

2) Wâc ddwywaith y dydd (coler ar gefn y drws cefn) – wâc yn y bore i'r parc (6–7am), wâc gyda'r nos ar hyd y prom (6–7pm).

3) Bag i fynd ar bob wâc – bagiau baw ci yn y boced flaen, trîts yn y boced gefn (rhag ofn bydd Chas yn gwrthod troi am adre)!!!

4) Hoff raglenni Chas: *Pobol y Cwm* (S4C 7.30/8pm – nos Lun–Gwener). Sadwrn: *Match of the Day* – BBC1 10:50pm. Sul: *Dechrau Canu, Dechrau Canmol* – S4C 7:30pm.

5) Basged cysgu'r nos wrth yr Aga, basged gwylio'r teledu i'r dde o'r soffa.

6) Bath – unwaith yr wythnos (tywelion coch).

Ayb. Pymtheg o bwyntiau!

Roedd Elen wedi derbyn y cyfarwyddiadau ar e-bost, wythnosau cyn iddi gychwyn ar y jobyn er mwyn iddi hi, yng ngeiriau Dêf, 'hit the tarmac running'.

Ond er mor drylwyr oedd Dêf, roedd wedi anghofio un gair pwysig yn yr holl sgwrsio, yr holl gyfarwyddiadau. Cwningen. Doedd dim sôn tan y bore yma, pan laniodd hi yn 5, Heol y Traeth, taw cwningen oedd Chas. Cwningen enfawr.

Cwningen a oedd yn hoffi erlid cŵn bach, fel roedd Elen wedi canfod ar ei wâc min nos. Mae'n amlwg bod perchnogion cŵn Penarth yn hen gyfarwydd â gweld y gwningen yn mynd am dro, ac roedd nifer yn cyfarch yr anifail wrth ei enw.

wâc – *a walk*	**trylwyr** – *thorough*
erlid – *to chase*	**min nos** – *evening*
perchennog (perchnogion) – *owner(s)*	
cyfarwydd – *familiar*	**cyfarch** – *to greet*

‘Chas heb Dêf, fel sglods heb finegr, Laurel heb Hardy, French heb Saunders.’

Dyna ddywedodd un dyn ifanc golygus oedd yn arwain Labrador lliw siocled ufudd ar hyd y prom. Byddai Elen wedi hoffi aros a thynnu sgwrs, ond erbyn hynny roedd yn ymwybodol bod ciamocs y Chas anystywallt yn golygu bod ei gwallt cringoch yn grychau i gyd a’i bochau’n fflamgoch.

Yn sicr, roedd cael ei thynnu ffordd hyn a ffordd draw gan gwningen dros ei hugain pwys wedi gadael Elen yn teimlo mor wan â brwynen. Dyna pam roedd hi’n gorwedd ar y soffa ledr nawr, y bocs siocledi ar agor yn un llaw a rhestr Dêf yn y llall.

Doedd dim sôn ar y rhestr am siocled, ac roedd Chas yn dal i edrych arni â’i lygaid mawr brown ymbilgar. Mae’n siŵr ei fod yn arfer cael rhannu trîts ei feistr hefyd.

‘O, ocê, ’de. Un. Ti’n clywed? A’r dêl yw, os ti’n cael *raspberry cream*, yna ni’n gwylio *Eastenders* yn lle *Pobol y Cwm*.’

Daliai Chas i syllu arni. Wel, doedd e ddim yn siglo’i ben. Mae’n siŵr ei fod yn cydsynio felly.

‘Ocê, bargen,’ meddai Elen, gan gymryd y losin yn ei llaw a’i ddal o dan drwyn Chas.

Diflannodd gydag un llyfiad o’i dafod papur tywod. Gwthiodd Chas ei ben meddal tua’r bocs ond cododd Elen a

sglods – *chips*	**ufudd** – *obedient*
tynnu sgwrs – *to start up a conversation*	
ymwybodol – *aware*	**ciamocs** – *frolics*
anystywallt – *unruly*	**cringoch** – *red-haired*
crych(au) – *curl(s)*	**fflamgoch** – *flame-red*
brwynen – *reed*	**ymbilgar** – *imploring*
cydsynio – *to agree*	**llyfiad** – *lick*
papur tywod – *sandpaper*	

gosod y siocledi ar y bwrdd.

'Gormod o ddim nid yw dda – i ti, na fi,' meddai'n benderfynol, cyn setlo eto ar y soffa a phwyso botwm rhif un ar y teclyn rheoli'r teledu.

Neidiodd Chas i orwedd ar ei phwys, fel petai'n ei sicrhau ei fod e ddim wedi digio, a'i fod yn ddigon hapus â'i dêl. Ac felly y bu'r ddau yn pendwmpian tan i Huw Edwards noswylio â nhw.

'Iawn, gwely i ti,' meddai Elen, gan bwyntio at y fasged fawr wrth ymyl yr Aga. 'A gwely i fi hefyd,' meddai. 'Wela i di'n y bore. Nos da nawr.'

Wrth ddringo'r grisiau i'w hystafell chwarddodd Elen yn uchel. Beth yn y byd oedd yn bod arni yn siarad â chwningen? Roedd hi'n colli arni ei hun, wir! Ond na, chwarae teg, roedd Chas yn gwmni digon derbyniol – doedd e ddim yn ateb 'nôl, doedd dim peryg y byddai'n defnyddio gweddill y llaeth na'r papur tŷ bach. Byddai, byddai hwn yn llawer gwell cyd-letywr na Sara!

Cysgodd Elen yn syndod o feddwl ei bod mewn gwely diarth. Ac roedd yn breuddwydio'n braf am fynyddoedd siocled pan ganodd y ffôn wrth ymyl y gwely.

'Beth yffach?' meddai'n swrth, wrth godi'r ffôn i stopio'r sŵn sbeitlyd.

ar ei phwys – *by her side*	**digio** – *to take offence*
pendwmpian – *to nod off*	**noswylio** – *to bid goodnight*
colli arni ei hun – *to lose her mind*	
digon derbyniol – *acceptable enough*	
peryg – *danger*	**cyd-letywr** – *housemate*
yn syndod – *surprisingly well*	**diarth** – *strange, unfamiliar*
swrth – *brusque*	**sbeitlyd** – *spiteful, nasty*

'Bore da, Elen. Dim ond fi, Dêf, sydd 'ma – tsieco bod popeth yn iawn. Oedd Chas wedi bwyta ei swper? Dyw e ddim yn colli Dadi gormod, yw e…?'

'Mae'n bump y bore, Dêf!' Roedd hi'n gwybod ei bod hi'n swnio'n bigog ar y naw.

'O, ie, sori am hynna, ond o'n i'n meddwl falle basai Chas wedi eich deffro chi erbyn hyn. Mae'n arfer dod i grafu wrth y drws tua nawr.'

'Mmm. Wel, 'dyn ni'n iawn. Mae popeth yn iawn, Dêf,' atebodd Elen, gan orfodi ei hun i swnio'n llawer mwy hawddgar nag roedd hi'n teimlo.

'O, falch o glywed, mor falch, bydda i'n dawel fy meddwl nawr. Chi'n cofio, on'd y'ch chi, fydda i ddim yn gallu ffonio nawr am ddeg diwrnod – byddwn ni mas ar y môr mawr.'

'Ydw, cofio'n iawn, Dêf, ac mae e ar y tair rhestr ry'ch chi wedi eu gadael i fi…'

'Ga i air bach cyflym gyda Chas?'

Clywodd Elen sŵn gweiddi yn y cefndir.

'O na, sori, 'dyn ni'n gorfod gadael y funud 'ma. Y teid yn bygwth troi…'

'Popeth yn iawn, Dêf, peidiwch â becso dim. Siaradwn ni mewn tua deg diwrnod. Hwyl ar yr hwylio!'

Rhoddodd Elen y ffôn yn ôl yn ei grud, troi ar ei hochr a dychwelyd i gae cwsg. Roedd hi wedi troi naw o'r gloch pan ddihunodd am yr eilwaith.

Am ychydig gorweddodd yno yn gwrando am grafiad Chas.

pigog ar y naw – *extremely touchy*	**hawddgar** – *amiable*
cefndir – *background*	**teid** – *tide*
bygwth – *to threaten*	**crud** – *cradle*
cae cwsg – *the land of Nod*	

Ond doedd dim i'w glywed ond sŵn pell rhywun yn torri porfa a chyfarthiad ci yn un o'r gerddi cefn cyfagos.

Cododd a gwisgo'n gyflym cyn mynd i lawr y grisiau.

'Sori, Chas, gwybod 'mod i'n hwyr – ddim yn ddechrau da, ond fe gawn ni wâc hir a…'

Trawodd ei throed yn erbyn y bocs siocledi gwag.

O na!

'Chas,' sgrechiodd, 'ti'n fachgen drwg, drwg, drwg, drwg.'

Ond ddaeth dim ymateb o'r fasged ger yr Aga.

Rhuthrodd Elen ato. Ond roedd Chas yn hollol dawel, yn cysgu'n drwm. Yn drwm iawn.

Estynnodd Elen ei llaw a goglais o dan ei ên fel y gwelodd Dêf yn ei wneud wrth ymadael y diwrnod cynt.

'Chas, Chas, dere mla'n, amser wâcis.'

Dim ymateb.

Rhoddodd Elen ei llaw ar ei gefn. Ond doedd dim symudiad.

Teimlodd Elen ryw gryndod yn lledu ar hyd ei choesau ac yn bwrw'i stumog fel tasai wedi'i phwnio â gordd.

Closiodd at wyneb Chas, a daliodd ei hanadl i deimlo ei anadliad ef. Yn yr eiliad honno basai Elen wedi gwerthu ei henaid am unrhyw arwydd bod yr anifail yn fyw. Ond doedd dim. Dim byd.

'O mam fach, o mam fach.' Rhuthrodd Elen o amgylch yr ystafell yn ceisio peidio â mynd i banig llwyr.

cyfarthiad – *bark*	**rhuthro** – *to rush*
goglais – *to tickle*	**cryndod** – *a trembling*
lledu – *to spread*	**pwnio** – *to hit*
gordd – *sledgehammer*	**anadliad** – *breathing*
enaid – *soul*	

'Pwylla, pwylla,' meddai'n uchel i wacter y gegin. 'Pwyllo sydd angen nawr. Meddwl. Meddwl yn glir beth i'w wneud.'

Ffonio'r fet. Ie, wrth gwrs. Dyna oedd orau. Roedd Dêf wedi gadael y rhif. Wrth gwrs ei fod e.

Cododd y ffôn a deialu. Daliodd y ffôn i'w chlust gyda dwy law, er mwyn ceisio atal y cryndod.

'Helô, helô. Ie, sori, ie, mmm, dw i'n methu deffro'r gwningen...'

Am y munudau nesaf, yn dilyn cyfarwyddyd y ferch o'r filfeddygfa, disgleiriodd Elen y tortsh ar ei ffôn bach i lygaid Chas. Daliodd wydr i'w drwyn. Pinsiodd ei dalcen. Teimlai'n euog am frifo'r anifail yma oedd yn gorwedd mor llonydd. Ond roedd rhyw ryddhad hefyd mewn dilyn cyfarwyddiadau'r ferch ar ben arall y ffôn oedd yn swnio mor gall, mor brofiadol. Ond...

'Na, dim byd,' oedd ymateb Elen bob tro, tan i'r ferch, o'r diwedd, ddweud yn garedig ac yn bendant:

'Yna, mae arna i ofn bod eich cwningen chi wedi marw. Mae'n flin gen i, does dim allwn ni ei wneud.'

Roedd Elen wedi eistedd am sbel wedyn yn y gegin farmor a dur. Roedd cryndod yn rhedeg drwyddi, a'r funud nesaf roedd yn chwys domen. Bob rhyw funud neu ddwy basai hi'n edrych i gyfeiriad y fasged, ond er gweddïo i Dduw (doedd hi ddim yn

pwylla – *calm down*	**gwacter** – *emptiness*
atal – *to stop*	**milfeddygfa** – *veterinary surgery*
euog – *guilty*	**llonydd** – *still*
rhyddhad – *relief*	**profiadol** – *experienced*
pendant – *emphatic, definite*	**marmor** – *marble*
dur – *steel*	**chwys domen** – *dripping with sweat*
gweddïo – *to pray*	

gwybod oedd Ef yn bod ai peidio), symudodd dim un blewyn llwyd.

Edrychodd Elen ar yr hen gloc gorsaf oedd yn llenwi'r wal uwchben yr Aga. Deg munud wedi deg. Wel, roedd yn rhaid iddi wneud rhywbeth. Allai hi ddim byw yn y tŷ gyda chorff tan iddi hi fedru cysylltu â Dêf. Syllodd yn fud ar y rhestr. Ond doedd dim byd ar y rhestr i'w helpu hi nawr. Doedd Dêf ddim wedi rhagweld hyn. Wrth gwrs doedd e ddim. Ddim wedi sylweddoli mor ddi-glem, mor anobeithiol oedd Elen. Druan â Dêf. Sut fasai Dêf heb Chas? Roedd yn amau bod Dêf yn mwynhau'r tynnu coes am eu henwau, yn mwynhau bod yn rhan o ddeuawd.

Rhewi'r corff. Dyna oedd ei angen.

Roedd gan Dêf rewgell anferth yn y pantri – yn hanner llawn o riwbob ac afalau. Roedd wedi dweud bod croeso iddi ddefnyddio beth oedd ynddo fe...

Na, allai hi ddim. Basai gwybod bod corff marw Chas yn y tŷ yn ddigon i'w bwrw hi oddi ar ei hechel. Ond wrth gwrs, roedd yn syniad da. Y rhewi, hynny yw. O'i wneud yn broffesiynol, dyna'r ateb. Trin Chas ag urddas. Ie, byddai hynny'n tawelu rhywfaint ar ei chydwybod hi, ac o bosib, ar lid Dêf.

Ffoniodd nifer o filfeddygon wedyn. Ond yr un oedd yr ateb bob tro. Na, doedd dim byd allen nhw ei wneud â chwningen

mud – *mute, silent*	**rhagweld** – *to foresee*
di-glem – *clueless*	**anobeithiol** – *hopeless*
tynnu coes – *leg-pulling*	**deuawd** – *duo*
bwrw rhywun oddi ar ei echel – *to put someone off their stride*	
trin – *to treat*	**urddas** – *dignity*
cydwybod – *conscience*	**llid** – *anger*

wedi trigo. Hynny yw, nes iddi ffonio Mr Jones, yn Petz & Vetz, oedd wedi cytuno (yn sgil ei phledio a'i dagrau) i roi lle i Chas yn ei fortiwari nes i Dêf fedru penderfynu beth i'w wneud â'r corff. Yr unig anhawster oedd bod yn rhaid iddi gludo Chas i'r filfeddygfa yng nghanol Caerdydd rywsut.

Eisteddodd Elen wrth y bwrdd yn llipa. Sut yn y byd oedd hi'n mynd i symud Chas?

Dri chwarter awr yn ddiweddarach roedd Elen yn llusgo cês du trwm yn araf tua gorsaf drenau Penarth. Prynodd docyn i un a mynd i sefyll ar y platfform, ei llaw yn berchnogol ofalus ar y cês du. Bob yn awr ac yn y man pwysai i lawr i sicrhau bod y sip ar gau. Roedd yn edrych yn beryglus o fregus, o dan straen ei gynnwys blewog.

Druan â Chas, doedd dim llawer o urddas yn perthyn i'w daith olaf. Ond dyna fe, roedd Elen wedi meddwl erioed bod gwario ar hers angladd yn wastraff llwyr. A hynny i bobol. Rhyw 'sioe' oedd peth felly, meddai unwaith mewn dadl â'i mam. 'Parch' a 'traddodiad' oedd dewis-eiriau ei mam am y peth.

O'r diwedd gwelodd oleuadau'r trên yn agosáu a chamodd i mewn yn araf, gan godi'r cês yn dyner a gofalus, a'i dynnu ar ei hôl. Roedd sedd wag yn agos i'r drws, ond jyst mewn pryd sylwodd Elen ar y tri bachgen ifanc â thatŵs, yn uchel eu cloch

trigo – *to die*	**yn sgil** – *as a result of*
anhawster – *difficulty*	**cludo** – *to carry*
cês – *suitcase*	**perchnogol** – *possessive*
blewog – *hairy*	**hers angladd** – *funeral hearse*
dadl – *argument*	**parch** – *respect*
traddodiad – *tradition*	**dewis-eiriau** – *chosen words*
golau (goleuadau) – *light(s)*	**agosáu** – *to come closer*
uchel eu cloch – *loud, raucous*	

gerllaw. Tynnodd y cês i'r cerbyd nesaf. Diolch byth, roedd digon o seddi gwag yno. Wrth iddi setlo daeth bachgen ifanc trwsiadus i eistedd gyferbyn â hi. Sgidiau lledr drud sgleiniog, crys wedi ei wthio i'w drowsus – y math o fachgen y byddai ei mam wrth ei bodd yn ei weld yn dod am ginio dydd Sul. Roedd wedi sylwi arno fe wrth basio drwy'r cerbyd cyntaf. Roedd y tri bachgen swnllyd yn amlwg wedi ei yrru yntau i symud hefyd.

'Chi'n mynd ar eich gwyliau?' holodd y bachgen yn sgwrsiol, wrth i'r trên adael yr orsaf. Pwyntiodd at y cês.

'Na, yn anffodus,' atebodd Elen. Doedd hi ddim am ymhelaethu.

Nodiodd y bachgen.

'Chi'n mynd yn bell?' holodd wedyn.

Roedd ganddo lygaid glas hyfryd.

Ysgydwodd Elen ei phen a chochi rhywfaint hefyd oherwydd iddi sylwi ar ei lygaid a'i ddannedd perffaith.

'Na, Stryd y Frenhines.'

Gwenodd y bachgen, gwên fawr Americanaidd.

'Wel dyna gyfleus. Dyna lle dw i'n mynd hefyd. Fe wna i eich helpu chi gyda'r cês – mae'r holl stepiau yn niwsans ac mae'r lifft wedi torri.'

Ac roedd e mor ystyriol! Mor garedig! Basai, basai ei rhieni hi yn hoffi cwrdd â hwn.

'O, chi'n rhy garedig, sdim eisie o gwbl, alla i ddod i ben â phethe.'

Gwenodd yr Adonis eto. 'Sdim eisie i chi drio dod i ben â

gerllaw – *nearby*	**cerbyd** – *carriage*
trwsiadus – *well-dressed*	**sgleiniog** – *shiny*
ymhelaethu – *to elaborate*	**cyfleus** – *convenient*
ystyriol – *considerate*	**dod i ben â** – *to cope with*

phethe. Dw i yma i helpu. Dw i eisie eich helpu chi… Alla i eich galw chi'n ti?'

'Ti a tithe yn iawn 'da fi. Elen. Elen Ifans.'

'Twm, Twm Jôb,' meddai gan gydio yn ei llaw a'i hysgwyd yn ffurfiol. Roedd ei ysgytwad yn berffaith – yn gadarn heb fod yn fygythiol.

Fe gyrhaeddodd y trên orsaf Stryd y Frenhines yn llawer rhy gyflym wrth fodd Elen.

'Dyma ni,' meddai Twm, gan afael yn y cês, a mynd am y grisiau. Brysiodd Elen ar ei ôl – roedd gan hwn goesau hir ac roedd yn symud fel milgi.

'Hei, aros amdana i a'm coesau bach,' gwaeddodd Elen ar ei ôl, gan wneud ymdrech enfawr i roi rhyw chwerthiniad bach yn ei llais. Doedd hi ddim eisiau i'r bachgen gorjys yma feddwl ei bod yn rhyw fath o seico.

Ond ni throdd Twm mewn ymateb i'w chais. Ni arafodd chwaith.

Erbyn i Elen gyrraedd gwaelod y grisiau, sodlau Twm yn unig roedd hi'n ei weld; roedd yn rhedeg nerth ei draed, y cês anystywallt yn baglu fel dyn meddw ar ei ôl. Fyddai'r fath driniaeth yn gwneud dim lles i'r sip. A phetasai…

'Hei, hei, Twm, aros,' gwaeddodd Elen eto, yn llawer mwy taer y tro hwn. Aeth ei llais ar goll yn sŵn y degau o bobol oedd rhyngddyn nhw bellach.

Erbyn i Elen gyrraedd y fynedfa roedd Twm a'r cês wedi diflannu'n llwyr. Cymerodd rai camau gorffwyll i un cyfeiriad,

ffurfiol – *formal*	**ysgytwad (llaw)** – *handshake*
bygythiol – *threatening*	**wrth fodd rhywun** – *to one's liking*
milgi – *greyhound*	**nerth ei draed** – *as fast as possible*
taer – *insistent*	**gorffwyll** – *frenzied*

ac yna rhedeg i'r cyfeiriad arall. Ond doedd dim pwynt. Roedd e wedi mynd. Yn nodwydd mewn tas wair. Yn gath ddu mewn cwt glo. Yn Waldo yn y llyfrau roedd Mam yn eu prynu iddi pan oedd hi'n ferch fach. Ac yna daeth y dagrau.

Eisteddodd Elen ar y pafin. Roedd wedi bod yn ddiwrnod trychinebus. Nid yn unig roedd hi wedi lladd Chas, ond nawr roedd hi wedi ei golli e hefyd. Sut yn y byd roedd esbonio hynny i Dêf?

'Ti'n ocê, cariad?' Edrychodd y fyny i weld y tri bachgen â thatŵs yn edrych arni hi.

Anwybyddodd Elen nhw am funud neu ddwy nes i'r crio droi'n ochneidio. Ond roedd hi'n gwybod eu bod nhw'n dal i sefyll yno.

'Ocê?' gofynnodd yr un gyda thatŵ o rosyn coch yn dringo ar hyd ei wddf.

Chwythodd Elen ei thrwyn yn swnllyd. Yn amlwg, doedd hi ddim yn mynd i gael gwared â'r rhain heb eu hateb.

Nodiodd.

'Ydw. Diolch. A diolch am ofyn.'

'Unrhyw beth allwn ni wneud i helpu?' gofynnodd yr un rhosynnog eto.

Siglodd Elen ei phen.

'Rhywun wedi dwyn fy nghês i. Cynnig helpu, ac wedyn ei ddwyn,' esboniodd.

Nodiodd y tri.

'Hen sgam. Hawdd cael dy dwyllo,' meddai'r bachgen eto.

nodwydd – *needle*	**tas wair** – *haystack*
cwt glo – *coal shed*	**trychinebus** – *disastrous*
ochneidio – *to sigh*	**rhosyn** – *rose*
twyllo – *to fool, to deceive*	

Estynnodd ei law iddi a stryffaglodd Elen ar ei thraed.

'Mae'n rhyw fath o gysur mai dim fi yw'r unig un sy wedi cael ei dwyllo heddiw. Geith y lleidr dipyn o sioc pan fydd e'n agor y cês a gweld beth sydd ynddo fe,' atebodd.

Ac yna rhywsut, o rywle, daeth gwên gyntaf y dydd i'w hwyneb.

---

stryffaglu – *to struggle, to clamber*

Y Fari Lwyd

Ifan Morgan Jones

'Snap!'

Caeodd y penglog ceffyl ei ên â brathiad sydyn wrth i Dditectif Insbector Iorwerth Watkins wthio'r goes bren i'w lle.

'Wyt ti wir yn meddwl bod hyn yn mynd i weithio?' gofynnodd Lloyd Evans, yr heddwas ifanc oedd yn eistedd yn y car hefyd.

'Pam ddim? Dw i ddim yn rhy dew i fod yn geffyl sgerbwd!' Gwenodd Iorwerth ar Lloyd, ond cafodd wg ansicr yn ôl. Yn amlwg, doedd yr heddwas ddim wedi ei argyhoeddi gan ei gynllun. 'Beth sy'n bod? Ydyn nhw'n gwneud pethau'n wahanol yn Llundain?'

'Beth os yw'r sachliain yn syrthio i ffwrdd yng nghanol y dafarn?'

'Wel, os wyt ti'n clywed sŵn llestri'n torri, dere i fy achub i.'

Ysgydwodd Lloyd ei ben ond roedd yn gwenu o'r diwedd. 'Iawn, Iorwerth.'

'Hei – dim Iorwerth ydw i nawr, cofia. Fi yw'r Fari Lwyd!'

Rhoddodd y Ditectif Insbector y sachliain am ei ben, a chydio'n dynn yn y goes bren â'r penglog ceffyl yn sownd arni. Camodd allan o'r car ac edrych i gyfeiriad y tŷ tafarn.

Er gwaethaf ei hyder ffug o flaen Lloyd, roedd ei galon yn

penglog – *skull*	**brathiad** – *bite*
gwg – *scowl*	**argyhoeddi** – *to convince*
cynllun – *plan*	**sachliain** – *sackcloth*
hyder ffug – *false confidence*	

curo fel tamborîn. Roedd yr heddwas ifanc yn iawn – beth petaen nhw'n sylweddoli yn syth nad ef oedd Roy Davies, y cynghorydd? Ro'n nhw wedi ei stopio e filltir i fyny'r heol, ar ei ffordd i ddathliad blwyddyn newydd y pentre, ac wedi cymryd y Fari Lwyd oddi arno.

Roedd angen cuddwisg ar Iorwerth Watkins. Rhywbeth fyddai'n caniatáu iddo fynd i ganol pobol Gwaunglydwen heb iddyn nhw sylweddoli pwy oedd yno.

'Snap! Snap!' Agorodd a chaeodd ceg y Fari Lwyd drachefn, fel pe bai yn fyw.

Dyma'r drydedd flwyddyn yn olynol i'r Ditectif Insbector Iorwerth Watkins fod yng nghyffiniau pentre Gwaunglydwen adeg y flwyddyn newydd. Ar drothwy 2017, cafodd alwad ffôn yn dweud i gorff gael ei ddarganfod yn y caeau ar gyrion y pentre. Dieithryn wedi ei ladd. Ond roedd y pentrefwyr yn honni eu bod nhw'n gwybod dim, a doedd dim tystiolaeth bod neb yn euog.

Ac yna – er syndod mawr i'r sir gyfan – fe ddigwyddodd yr un peth eto ar ddechrau 2018. Dieithryn i'r pentre unwaith eto. Rhywun oedd wedi aros yn y tŷ tafarn am lymaid bach, wedi gadael yn oriau mân y bore a heb gael ei weld yn fyw fyth eto.

Doedd bosib y gallai'r un peth ddigwydd eto eleni. Doedd

cynghorydd – *councillor*	**cuddwisg** – *disguise*
caniatáu – *to allow*	**drachefn** – *again*
yn olynol – *in a row, consecutively*	
cyffiniau – *vicinity, neighbourhood*	**ar drothwy** – *on the threshold of*
ar gyrion – *on the outskirts*	**dieithryn** – *stranger*
honni – *to claim*	**tystiolaeth** – *evidence*
llymaid – *drink*	**oriau mân** – *early hours*

yr un llofrudd yn ddigon dwl i ddychwelyd i leoliad y drosedd am y trydydd tro yn olynol. Ond fyddai Iorwerth Watkins ddim yn maddau iddo'i hun tasai corff arall yn dod i'r golwg y bore canlynol. Roedd yn rhaid iddo fynd i ganol trigolion y pentre i weld beth oedd yn mynd ymlaen.

Yn ôl y cynllun heno fe fyddai Lloyd Evans, heddwas ifanc gyda'r Met, yn chwarae rôl y dieithryn diamddiffyn ac yntau, Iorwerth, yn cadw golwg ar bethau o'i guddfan o dan blygion gwisg y Fari Lwyd.

Camodd Iorwerth i fyny'r llwybr i gyfeiriad tafarn y Stag. Roedd y pentre oll dan orchudd o niwl heno, a'r goleuadau o ffenestri'r hen adeilad yn taflu pelydrau drwyddo. Gallai glywed lleisiau, chwerthin a sŵn cloch y gwydrau peint yn taro yn erbyn ei gilydd.

Anadlodd yn ddwfn, agor y drws a chamu i mewn.

'Weeeeeeeeei!' bloeddiodd y dafarn fel un. Cododd sawl un eu diodydd ac roedd chwerthin mawr. Roedd yn amlwg i nifer ohonyn nhw fod yn yfed ers rhai oriau ac ro'n nhw wedi ei dal hi yn barod. Doedd Iorwerth ddim yn gwybod a fyddai hynny'n gwneud ei waith yn haws, neu'n fwy peryglus.

Roedd ymweliad y Fari Lwyd yn rhan o'r dathliadau blwyddyn newydd yng Ngwaunglydwen ers cyn cof. Bob blwyddyn fe fyddai'r pentrefwyr yn mynd o dŷ i dŷ gyda'r Fari Lwyd, yn canu ac yn gofyn am gael dod i mewn, ac roedd perchnogion y tai yn

lleoliad – *location*	**trosedd** – *crime*
trigolion – *residents*	**diamddiffyn** – *defenceless*
cuddfan – *hiding place*	**plyg(ion)** – *fold(s)*
gorchudd – *cover*	**pelydryn (pelydrau)** – *ray(s)*
bloeddio – *to shout*	**wedi ei dal hi** – *to be drunk or tipsy*
ers cyn cof – *since time immemorial*	

darparu bwyd a diod ar eu cyfer. Roedd yr orymdaith yn dechrau yn nhafarn y Stag bob blwyddyn.

'Wyt ti eisiau peint, Roy?' galwodd rhywun o'r bar.

Cofiodd Iorwerth mai ef oedd Roy, a nodio pen y Fari Lwyd i fyny ac i lawr mewn ffordd dros ben llestri. Roedd mwy o chwerthin. Roedd e'n gwybod ei fod e ddim yn gallu gwrthod – Roy Davies, y cynghorydd, oedd y meddwyn mwyaf yn y pentre. Fe fyddai gwrthod peint wedi codi amheuon yn syth.

Estynnodd ei law o waelod y sachliain i gymryd ei gwrw. Sylwodd neb fod ei law ychydig yn llai blewog nag un y cynghorydd.

Yng ngoleuni'r dafarn gallai weld yn iawn drwy'r sachliain. Ar ôl ychydig funudau, daeth Lloyd Evans trwy'r drws, wedi ei wisgo mewn crys a phâr o jîns, fel sawl dyn ifanc arall. Tawelodd y dafarn ryw fymryn wrth i bawb droi i weld pwy oedd yno, a cheisio dyfalu pwy oedd y newydd-ddyfodiad. Yr un peth ag unrhyw dafarn wledig arall lle roedd pawb yn nabod ei gilydd, meddyliodd Iorwerth. Doedd dim byd bygythiol yn hynny. Gobeithio.

Fe aeth Lloyd yn syth at y bar heb dorri ei gam ac archebu peint iddo'i hun, cyn cychwyn sgwrs gydag un o'r bois lleol. Yfodd Iorwerth ei beint dan y sachliain. Wel, roedd gwaeth ffyrdd o dreulio nos Galan yn gweithio nag yfed peint mewn tafarn, meddyliodd!

'Bydd rhaid i ni fynd nawr, bois,' meddai rhywun.

darparu – *to provide*	**gorymdaith** – *procession*
dros ben llestri – *over the top*	**meddwyn** – *drunkard*
codi amheuon – *to raise suspicions*	
newydd-ddyfodiad – *newcomer*	**gwledig** – *rural*
heb dorri ei gam – *without breaking stride*	

Daeth bloedd o gymeradwyaeth oddi wrth weddill y dafarn.

'Dere nawr, Roy bach!' Cydiodd rhywun yn y tennyn o amgylch gwddf y Fari Lwyd, ac fe fu'n rhaid i Iorwerth gydio'n dynn yn y polyn pren â'r pen sgerbwd i'w arbed rhag cael ei lusgo o'i afael. Arweiniwyd ef allan fel ceffyl, gyda gweddill trigolion y dafarn yn dilyn, anadl pob un yn codi'n gymylau o fwg yn yr awyr oer. Ond wrth iddyn nhw bellhau oddi wrth oleuni'r dafarn, sylwodd Iorwerth nad oedd yn gallu gweld rhyw lawer o gwbl drwy'r sachliain. Roedd yn ddibynnol ar ei dywysydd ac roedd yn rhaid iddo edrych i lawr ar ei draed i'w atal ei hun rhag baglu.

O'r diwedd, daeth y criw i stop ac fe ddechreuodd y pentrefwyr ganu mewn undod:

'Wel dyma ni'n dŵad, gyfeillion diniwed,
Wel dyma ni'n dŵad, gyfeillion diniwed,
I ofyn am gennad,
I ofyn am gennad,
I ofyn am gennad
I ganu.

Mae Mari Lwyd yma, a sêr a rhubanau,
Mae Mari Lwyd yma, a sêr a rhubanau,
Mae'n werth i roi golau,

bloedd – *shout*	**cymeradwyaeth** – *approval*
tennyn – *lead, leash*	**pellhau** – *to get further away*
dibynnol – *dependent*	**tywysydd** – *guide, leader*
mewn undod – *in unison*	**diniwed** – *harmless, innocent*
cennad – *permission*	**rhuban(au)** – *ribbon(s)*

Mae'n werth i roi golau,
Mae'n werth i roi golau
I'w gweled!'

Yna daeth llais un dyn yn ateb:

'Dw i'n flin fel cacynen fod pentre Gwaunglydwen
Yn ffaelu cynhyrchu gwell lleisiau i ganu,
Gwell lleisiau i ganu,
Nos heno.'

Chwarddodd y criw. Yn ôl ac ymlaen yr aeth y canu nes o'r diwedd daeth gwaedd: 'Dyna ddigon o hen sŵn, dewch i mewn, bois!' a chafodd Iorwerth ei lusgo dros drothwy un tŷ i ganol y golau.

Roedd yn amlwg bod bwyd a diod wedi cael eu paratoi ac roedd chwerthin mawr a dathlu eto wrth i bawb fwynhau eu hunain.

Eisteddodd Iorwerth yn y gornel a cheisio sicrhau nad oedd dim byd yn dod i'r golwg o dan blygion ei sachliain.

'Mae'r Fari braidd yn ddi-sut heno!' meddai rhywun. 'Tyrd yn dy flaen, Roy. Rho ddawns fach i ni.'

Rhegodd Iorwerth – roedd yn chwysu digon yn barod o dan y sachliain. Fe ddymunai godi pais y Fari Lwyd am funud i gael rhywfaint o awyr iach. Ond roedd rhaid gwneud yn ôl y dymuniad. Aeth i garlamu o amgylch y tŷ gan smalio brathu 'Snap! Snap!' yn wynebau y dynion, y merched a'r plant.

cynhyrchu – *to produce*	**trothwy** – *doorstep*
di-sut – *lethargic*	**rhegi** – *to swear*
chwysu – *to sweat*	**carlamu** – *to gallop*

Roedd ei berfformiad yn amlwg yn plesio – clywai sgrechian a chwerthin mawr.

Cydiodd mewn potel o gwrw o'r bwrdd cyn eistedd i lawr drachefn, er mwyn torri ychydig ar ei syched.

Ymlaen â nhw at dŷ arall, a chanu eto:

'Agorwch y dryse,
Gadewch i ni ware,
Mae'n oer yn yr eira
Y Gwylia.'

A llais o'r tu mewn:

'Cer o 'ma 'rhen fwnci,
Ma d'anadl di'n drewi,
A phaid â baldorddi
Y Gwylia.'

A'r tu allan eto:

'O dowch ymlaen â golau
A mynnwch gael canhwyllau
I chwi gael gweld 'rhen Fari Lwyd
Sydd yma yn ei lifrai.'

perfformiad – *performance*	**torri syched** – *to break thirst*
ware (chwarae) – *to play*	
Y Gwylia[u] – *holiday (i.e. New Year)*	
baldorddi – *to babble, to talk idly*	**mynnu** – *to insist*
cannwyll (canhwyllau) – *candle(s)*	**lifrai** – *livery, uniform*

Ac ar ôl cael mynd i mewn a gwledda ac yfed eto, fe wnaethon nhw orymdeithio yn bell i lawr y ffordd nes cyrraedd tŷ fferm. Ymhob tŷ roedd y rhialtwch yn cynyddu ac roedd rhaid i Iorwerth gyfaddef ei fod wedi dechrau mynd i hwyl y peth. Roedd hyd yn oed wedi ymuno â chanu dwl y dynion:

'Ti dy lodi lidl
Tym tidl odl idl
Tym tym tym.'

Efallai mai'r cwrw oedd ar fai, ond roedd wedi dechrau anghofio mai ef oedd Iorwerth Watkins, a Roy Davies hyd yn oed. Y Fari Lwyd oedd ef, a swyddogaeth y Fari Lwyd oedd chwarae â gwallt y plant, peri i'w phen sgerbydol gnoi breichiau'r merched, chwarae castiau a difyrru pawb drwy ddawnsio. Roedd rhai o'r lleill wedi dechrau 'bwydo' y Fari Lwyd a thywallt diod i lawr ei chorn gwddf sgerbydol. Dylai Iorwerth fod wedi gweld yn chwith, ond roedd teimlo'r cwrw oer ar gorun ei ben yn eitha adfywiol! Yna rhoddwyd cap yng ngheg y Fari ac roedd hi'n mynd o gwmpas y tŷ a phobl yn rhoi arian ynddo at achos da.

Wrth gael ei arwain allan clywodd lais yn ei glust: 'Paid â

gorymdeithio – *to parade*	**rhialtwch** – *fun, revelry*
mynd i hwyl – *to get into the spirit of things*	
swyddogaeth – *role*	**peri** – *to make, to cause*
sgerbydol – *skeletal*	**chwarae castiau** – *to play tricks*
difyrru – *to entertain*	**tywallt** – *to pour*
corn gwddf – *throat*	**gweld yn chwith** – *to be offended*
corun – *top of the head*	**adfywiol** – *refreshing*

mwynhau gormod ac anghofio pam 'dyn ni yma.'

Roedd yn adnabod y llais, llais Lloyd. Mae'n siŵr bod hwnnw wedi bachu'r cyfle i'w dywys o le i le.

'Lle 'dyn ni'n mynd nawr?' sibrydodd Iorwerth.

'Glywais i rywun yn dweud mai dyna'r tŷ olaf. Felly, yn ôl i'r dafarn, dw i'n meddwl.'

Ond nid yn ôl i'r dafarn yr aethon nhw. Agorwyd iet ac aethon nhw i ganol cae. Roedd ambell un o'r dynion wedi cynnau ffaglau tân i oleuo eu ffordd, ac roedd gan ambell un arall dortsh. Roedd yn wlyb dan draed a phoenai Iorwerth y byddai'n llithro a'r sachliain yn syrthio oddi arno.

O'r diwedd daethant i stop.

Daeth llais o rywle: 'Dim pawb sy'n cofio tarddiad gorymdaith y Fari Lwyd, ac yn wir, mae sawl hanesydd yn credu i'r stori go iawn gael ei cholli yn nhreigl amser.' Llais dyn. 'Ond 'dyn ni yng Ngwaunglydwen yn gwybod yn well.'

Roedd hi'n oer allan yn y cae, ac roedd gwynt yn chwythu o rywle gan fygwth codi'r sachliain oddi ar ei ben.

'Mae'r traddodiad yn seiliedig ar hen ddefod tymor y Nadolig, pan oedd un o ferched y fro yn marchogaeth asyn pren tuag at yr eglwys, gan gynrychioli taith y Forwyn Fair i'r Aifft,' meddai'r dyn. 'Wrth gyrraedd drysau'r eglwys byddai'r offeiriaid oedd yn tywys y ceffyl pren yn canu, a'r

tywys – *to lead*	**iet** – *gate*
ffagl dân (ffaglau tân) – *flare(s)*	**tarddiad** – *origin*
hanesydd – *historian*	**treigl amser** – *the passing of time*
seiliedig – *based*	**bro** – *neighbourhood*
marchogaeth – *to ride*	**asyn** – *donkey*
cynrychioli – *to represent*	**y Forwyn Fair** – *the Virgin Mary*
yr Aifft – *Egypt*	**offeiriad (offeiriaid)** – *priest(s)*

esgob yn caniatáu iddyn nhw fynd i mewn. Yna byddai'r orymdaith yn teithio at yr allor, a byddai aberth yn cael ei gynnig yno.'

'O Dduw.' Clywodd lais Lloyd wrth ei ymyl.

'Beth?' sibrydodd.

'Mae ganddo fe forthwyl mawr!'

'Mae'r aberth yn rhan sydd wedi ei hanghofio ym mhob man arall yng Nghymru, pob man sy'n cadw defod y Fari Lwyd yn fyw... ond ddim yma yng Ngwaunglydwen.'

Sylweddolodd Iorwerth beth oedd ar fin digwydd. Mae'n rhaid mai'r aberth oedd y ddau ddyn ifanc oedd wedi cael eu darganfod yng Ngwaunglydwen wrth iddi wawrio ar y flwyddyn newydd dros y ddwy flynedd ddiwethaf!

'Os ydyn nhw'n trio cydio ynddot ti,' sibrydodd wrth Lloyd, 'mi dafla i wisg y Fari Lwyd i ffwrdd ac mi wnawn ni'n dau redeg nerth ein traed am yr iet, ti'n deall?'

'Iawn,' sibrydodd Lloyd yn ôl, yr ofn yn amlwg yn ei lais.

'Nawr,' meddai'r dyn. 'Dewch â'r aberth gerbron!'

Daliodd Iorwerth ei anadl, gan ddisgwyl iddyn nhw gydio yn Lloyd. Ond yna cariodd dau o'r dynion rywbeth mawr, crwn ymlaen o flaen y dyn a'i osod ar y llawr.

'Diolch i landlord tafarn y Stag am y gasgen gwrw yma,' meddai'r dyn.

'Wehei!' gwaeddodd rhywun ond 'Bwww!' meddai rhywun arall. 'Gwastraff cwrw.'

esgob – *bishop*	**allor** – *altar*
aberth – *a sacrifice*	**morthwyl** – *hammer*
gwawrio – *to dawn*	**gerbron** – *before or in(to) the presence of someone*
casgen – *cask*	

Gollyngodd Iorwerth anadl hir. Do'n nhw ddim am lofruddio Lloyd wedi'r cwbl.

Daeth y dyn â'r morthwyl mawr i lawr dros ei ysgwydd a dryllio'r gasgen bren. Byrlymodd y cwrw allan ohoni a diflannu i'r tir.

''Dyn ni'n aberthu'r cwrw hwn ar ddechrau blwyddyn newydd, yn y gobaith y bydd yr haul yn dychwelyd, a'r cnydau yn tyfu unwaith eto, ac y bydd bendith ar Waunglydwen,' meddai.

Bu rhagor o floeddio a chymeradwyo, ac yna dechreuodd pobol grwydro 'nôl tuag adre. Llithrodd Iorwerth a Lloyd o ganol y dorf i le roedd Lloyd wedi parcio'r car. Arhoson nhw i'r torfeydd adael a dechrau gyrru oddi yno.

'Wyt ti'n iawn i yrru?' gofynnodd Iorwerth.

'Dw i wedi bod yn tywallt cwrw i botiau blodau drwy'r nos.'

'Hmm, gwylia di. Fydd hi ddim yn edrych yn dda ar dy record di os wyt ti'n gyrru car i ben clawdd.'

Chwarddodd Lloyd. 'Wel, dyna ni, syr,' meddai. 'Does dim llofruddiaeth i fod yng Ngwaunglydwen heno. Neu os oes yna, dim un o'r pentrefwyr sy'n gyfrifol.'

'Lwcus dydy Heddlu Dyfed-Powys ddim yn cario drylliau, meddaf i, neu fe faswn i wedi estyn amdano pan ddaeth y morthwyl yna i'r golwg! Ro'n i'n meddwl am funud ei bod ar ben arnon ni.'

gollwng – *to release*	**llofruddio** – *to murder*
dryllio – *to shatter*	**byrlymu** – *to flow freely*
aberthu – *to sacrifice*	**cnwd (cnydau)** – *crop(s)*
bendith – *blessing*	**cymeradwyo** – *to applaud*
torf(eydd) – *crowd(s)*	**clawdd** – *hedge*
llofruddiaeth – *murder*	**dryll(iau)** – *gun(s)*

Chwarddodd Lloyd eto. 'Y Fari Lwyd yn saethu dryll. Dyna fyddai golygfa a hanner.'

'Dere â'r car i stop fan hyn,' meddai Iorwerth wedyn. 'Mae fy nghar i wedi ei barcio tu ôl i'r clawdd.'

'Chi'n siŵr, syr? Af i â chi adre nawr os dych chi eisiau, ac fe af i â chi i nôl y car yn y bore.'

'Na, fe hoffwn i aros yn fy ngwely bore fory!'

Arafodd Lloyd ac fe ddringodd Iorwerth allan o'r car.

'Blwyddyn newydd dda, Ditectif Insbector!'

'Blwyddyn newydd dda, Lloyd.'

Gwyliodd wrth i oleuadau'r car ddiflannu o amgylch y tro, ac yna dringodd dros yr iet i'r cae lle roedd e wedi parcio'r car heddlu tu ôl i'r clawdd.

'O, damia!' meddai. Roedd un o olwynion y car wedi suddo i mewn i'r gors. 'Doedd hyn ddim yn syniad da wedi'r cwbl. Os nad oes signal, bydd rhaid i fi gysgu yn y car.'

Rhoddodd sachliain a phen y Fari Lwyd ar lawr a mynd ar ei gwrcwd i edrych ar yr olwyn. Roedd pynctsiar ynddi. 'Rhyw ffarmwr ddiawl?' gofynnodd gan grafu ei ben.

Tynnodd ei ffôn symudol o'i boced a gwasgu'r botwm i'w droi ymlaen. Chwiliodd am rif ei wraig er mwyn ei ffonio i ofyn a fyddai'n hapus i ddod i'w nôl e.

Yna clywodd sŵn y tu ôl iddo. Sŵn siffrwd sachliain. Trodd i edrych tua'r iet.

Yng ngoleuni'r lleuad gwelodd rywbeth a wnaeth i'w galon fferru.

Syrthiodd y ffôn symudol o'i law. Yn sefyll o'i flaen, heb

saethu – *to shoot*	**cors** – *marsh*
mynd ar ei gwrcwd – *to crouch*	**pynctsiar** – *puncture*
siffrwd – *a rustling*	**fferru** – *to freeze, to become numb*

ddim byd i'w chadw ar ei thraed ond polyn pren, roedd y Fari Lwyd.

'Snap,' meddai.

Y Dyfodol

Mihangel Morgan

'Mae ysbryd i gael ffordd hyn,' meddai Wncwl Moi. Cerdded o'n ni ar hyd hen drac y tramiau. Roedd y llwybr yn gul ac yn fawlyd wedi sawl diwrnod o law trwm, ond roedd hi'n sych ac yn braf y prynhawn hwnnw. Roedd y coed a'r perthi yn cau o boptu inni, gan gulhau'r llwybr ymhellach. Ac er ei bod yn haf roedd y lôn hon yn ddigon tywyll gyda changhennau'r coed deiliog yn dal dwylo uwch ein pennau. Felly, er nad o'n i'n credu pob gair oedd yn dod o enau Wncwl Moi, ro'n i'n gallu credu bod y meirw yn aflonyddu ar y llecyn hwn.

'Ysbryd dyn a wnaeth amdano'i hun yw e,' meddai Moi.

Wedi iddo ddweud hynny do'n i ddim mor awyddus i fynd ymlaen ar hyd y ffordd dywyll, werdd. Ac oni bai am ei gwmni ef byddwn i wedi rhedeg yn ôl tuag adre, siŵr o fod. A byddwn i wedi gafael yn ei law hefyd, ond crwtyn mawr, naw mlwydd oed, o'n i a doedd hi ddim yn briodol i mi ddal llaw dyn arall. Ymwrolais, felly, a dilyn f'wncwl gan gamu yn ofalus ar y llwybr

bawlyd – *muddy*
perth(i) – *bush(es)*
o boptu – *on either side*
culhau – *to narrow*
cangen (canghennau) – *branch(es)*
deiliog – *leafy*
genau – *mouth*
aflonyddu – *to disturb, to trouble*
llecyn – *spot, place*
gwneud amdano'i hun – *to kill himself*
awyddus – *eager*
priodol – *appropriate*
ymwroli – *to summon up courage*

llithrig yn ôl ei draed, rhag ofn imi gwympo ar y cerrig gwlyb.

'Pam mae rhai yn lladd eu hunain?' gofynnais.

'Dw i ddim yn gwybod,' meddai cefn siaced Wncwl Moi. 'Y straen yn ormod, mae'n debyg,' ychwanegodd.

'Pa straen?' holais eto.

'Straen bywyd. Straen gorfod talu biliau, straen gwaith, straen gofidiau. Straen iechyd.' Oedodd. Meddwl oedd e. Yna ychwanegodd eto, 'Ond straen carwriaethol yw'r rheswm pennaf y mae rhai yn cyflawni hunanladdiad, mae'n debyg.'

Do'n i ddim yn deall.

'Ond nag yw caru yn beth hapus?'

'Ydy,' meddai cefn yr wncwl, 'i fod. Ond weithiau dyw pethau ddim yn mynd fel y dylen nhw o gwbwl.'

Dangosais fy annealltwriaeth gyda sŵn oedd yn debyg i godi ysgwyddau.

'Wel, cymer y dyn maen nhw'n dweud fod ei ysbryd yn y llwyni 'ma o hyd,' aeth Wncwl Moi ymlaen i ymhelaethu, 'efallai'i fod e wedi cwympo mewn cariad â rhyw ferch a honna ddim yn ei garu fe. Dw i ddim yn gwybod, cofia, dim ond meddwl dw i. Efallai ei fod e wedi cwympo dros ei ben a'i glustiau amdani a hithau mewn cariad â rhywun arall – ei ffrind gorau, o bosib, neu ei frawd hyd yn oed, neu ei elyn pennaf.

'Neu, efallai, doedd e ddim yn ei phlesio hi am ryw reswm bach – roedd ei drwyn yn rhy fawr, neu roedd e'n rhy fyr neu'n rhy dew, rhywbeth fel'na. A dyna ni, 'na i gyd sydd eisiau weithiau.

llithrig – *slippery*	**gofid(iau)** – *worry (worries)*
carwriaethol – *pertaining to love or courtship*	
cyflawni hunanladdiad – *to commit suicide*	
annealltwriaeth – *lack of understanding*	
llwyn(i) – *bush(es)*	**gelyn** – *foe*

Doedd hi ddim yn ei licio fe ond doedd e ddim yn gallu byw hebddi hi. Ac un diwrnod dyma fe'n dod i'r coed yma gyda thipyn o raff ac yn ei grogi'i hun o gangen un o'r coed 'ma.'

Aeth ias i lawr fy nghefn. Yn fy meddwl gallwn weld y corff yn hongian o'r sycamorwydden o'n blaenau ni. Yn wir, ro'n i'n disgwyl i ysbryd y dyn neidio ma's o'r perthi cyfagos a gafael amdana i a fy nghipio i – i ffwrdd â mi!

'Wncwl Moi? Beth y'n ni'n wneud i lawr ffordd hyn? Gawn ni fynd adre nawr?'

'Ti ddim wedi cael dy ddychryn gan y sôn am ysbrydion, wyt ti? Paid â bod yn dwp, 'chan. Sdim ysbrydion i gael.'

Ond do'n i ddim yn ei gredu fe. Dweud hynny nawr oedd e i'm cysuro i. Do'n i ddim yn credu yn y tylwyth teg, pethau i blant bach o'n nhw, a do'n i ddim yn credu taw Siôn Corn welais i yn y siop fawr 'na llynedd. Dim ond actio Siôn Corn oedd e, ro'n i'n gwybod hynny yn iawn. Ond ro'n i'n weddol siŵr bod ysbrydion go iawn i'w cael ac roedd hi'n rhy hwyr i Wncwl Moi ddwyn perswâd arna i fel arall. Yn enwedig yn y goedwig arswydus hon. Roedd yna naws fygythiol, faleisus yn ein hamgylchynu. O leiaf, felly y teimlwn i. Serch hynny, cerddai Wncwl Moi yn ei flaen yn hollol ddifraw. Edrychais ar ei gefn syth, hyderus a chiliodd f'ofnau ychydig.

Brawd fy nhad oedd Wncwl Moi er nad oedd e ddim yn debyg

rhaff – *rope*	**crogi** – *to hang*
sycamorwydden – *sycamore*	**cysuro** – *to comfort, to reassure*
tylwyth teg – *fairies*	**llynedd** – *last year*
dwyn perswâd – *to persuade*	**arswydus** – *terrifying*
naws – *feeling, spirit*	**maleisus** – *malicious*
amgylchynu – *to surround*	**serch hynny** – *even so*
difraw – *fearless*	**hyderus** – *confident*

i fy nhad o gwbwl. Dyn mawr, cryf, tawel a gwrywaidd oedd fy nhad. Creadur ffein oedd ei frawd 'bach', addfwyn, siaradus ac agos atoch. Menyn a mêl. Gweithiai fy nhad mewn ffatri yn cynhyrchu pethau metalaidd nad o'n i'n gwybod beth o'n nhw, ac nad oedd gyda fi ddim diddordeb ynddyn nhw. Athro ysgol oedd Wncwl Moi a chredwn ei fod yn hollwybodus. Yn wir, un tro, pan o'n i'n blentyn bach, mae'n debyg, gofynnais iddo oedd e'n gwybod pob peth? Ac yn ei ffordd ddiymhongar atebodd,

'Nag ydw, dw i ddim yn gwybod pob peth, ond dw i'n gwybod llawer iawn o bethau.'

Gwyddoniaeth oedd ei bwnc yn yr ysgol. Wrth gwrs, do'n i ddim yn ddisgybl yn yr ysgol lle roedd e yn dysgu. Basai wedi bod yn braf bod mewn dosbarth ag Wncwl Moi yn athro. Gan ei fod mor wybodus, ro'n i'n disgwyl i Moi gynnig ateb i unrhyw gwestiwn y byddwn i'n ei ofyn, dim ots pa mor astrus ei gynnwys. Dw i'n sylweddoli yn awr taw dyn ifanc oedd Moi bryd hynny, ond i mi roedd e'n ymddangos yn hen ac yn fydol-ddoeth. A ro'n i'n teimlo yn ddiogel yn ei gwmni. Felly, pe bai'r ysbryd yn digwydd ymrithio o'n blaenau ro'n i'n ffyddiog y byddai Wncwl Moi yn gallu f'amddiffyn hyd yn oed rhag grym goruwchnaturiol. I mi, Wncwl Moi oedd y peth mwyaf tebyg i arwr yn fy mywyd. Dim arwr tebyg i Batman neu Superman neu Green Lantern, fel yn y comics oedd yn dod o'r America,

addfwyn – *gentle*	**agos atoch** – *friendly, approachable*
hollwybodus – *all-knowing*	**diymhongar** – *unassuming*
astrus – *difficult*	**bydol-ddoeth** – *worldly-wise*
ymrithio – *to appear, to take shape*	**ffyddiog** – *confident*
amddiffyn – *to defend*	**grym** – *force*
goruwchnaturiol – *supernatural*	

ond person o gig a gwaed ro'n i'n ei edmygu.

Aethon ni yn ein blaenau a finnau yn dal i hel meddyliau am yr ysbryd.

'Pwy oedd y dyn 'na, 'te?'

'Pa ddyn?'

'Hwnnw wnaeth grogi'i hunan.'

'Ymhellach ymlaen...' dechreuodd cyn cael ei feddiannu gan bwl o beswch. Roedd ei eiriau yn dod mewn cymylau bach glas dros ysgwyddau'i siaced frown (patsys lledr ar ei benelinoedd), oherwydd roedd Wncwl Moi yn smygwr dyfal. Roedd e'n peswch yn aml ac roedd e'n gorfod carthu'i lwnc a phoeri o dro i dro. A'r tro hwn, creodd y peswch egwyl yn ei ateb. Wedi iddo glirio cwblhaodd ei frawddeg: '... dangosa i'r tŷ lle roedd e'n byw. Neu dangosa i weddillion y tŷ, oherwydd does neb wedi byw yno ers iddo fe wneud amdano'i hun.'

'Pryd oedd hynny, Wncwl Moi?'

'Mil naw dau ddeg a saith,' meddai yn ffurfiol. 'Sawl blwyddyn 'nôl oedd hynny, gwed?'

Suddodd fy nghalon. Roedd yn gas gyda fi rifau. Ond, ac yntau'n athro, roedd gan Wncwl Moi duedd i achub ar unrhyw gyfle i greu gwers. Dechreuais i weithio'r ateb ar fy mysedd. Ond ar hynny cymerodd Wncwl Moi gipolwg dros ei ysgwydd.

---

o gig a gwaed – *of flesh and blood* **edmygu** – *to admire*

hel meddyliau – *to entertain morbid thoughts*

meddiannu – *to possess* **peswch** – *coughing*

smygwr *smoker* **dyfal** – *incessant*

carthu – *to clear (one's throat)* **gweddillion** – *remains*

tuedd – *tendency*

achub ar unrhyw gyfle – *to grab any opportunity*

ar hynny – *thereupon*

'Nag wyt ti'n gallu cael yr ateb yn dy feddwl?'

Na allwn. On'd o'n i wedi colli misoedd o ysgol yn sgil tostrwydd?

'Dere, dere,' meddai Moi. Ond na, doedd yr ateb ddim yn dod yn ddigon rhwydd.

'Blwyddyn nesa fe fydd hi'n bedwar deg neu ddeugain mlynedd, fel maen nhw'n gweud yn y capel, ers y trasiedi.'

Trodd Wncwl Moi a sefyll i'm hwynebu, ei sigarét yn ei ben. Pesychodd nes i'w wyneb droi'n goch. Yna daeth ato'i hun eto. Athro oedd e nawr, dim ffrind.

''Na i gyd oedd rhaid i ti wneud oedd cyfri'r degau a thynnu un i ffwrdd.'

Ro'n i'n teimlo'n dwp a do'n i ddim yn licio Moi am hynny. Fel'na oedd athrawon, hyd yn oed athro oedd yn ewyrth hoff, yn eich dilorni – am fethu gwybod peth doeddech chi ddim yn ei wybod.

'Dere,' meddai Moi, 'dyw hi ddim yn bell nawr.'

Ac yn wir, ychydig yn nes ymlaen, torrodd Moi i'r chwith o'r llwybr, drwy'r llwyn, ac aethon ni lan tamaid bach o dyle am dipyn, a dyna lle roedd e. Tŷ mawr heb do, heb ddrws, heb wydr yn ei ffenestri. Penglog o dŷ yn rhythu arnon ni. Doedd gyda fi ddim awydd mynd yn nes ond ymlaen yr aeth Wncwl Moi, a chan nad o'n i'n dymuno cael fy ngadael ar fy mhen fy hun, es i ar ei ôl, bob cam i mewn i'r adeilad gwag.

'Ew!' meddai Moi mewn edmygedd, gan ddrachtio ar ei sigarét. 'Roedd hwn yn dŷ braf yn ei ddydd.'

tostrwydd – *illness*	**daeth ato'i hun** – *he came to himself*
dilorni – *to disparage, to run down*	**tyle** – *slope*
rhythu – *to stare*	**awydd** – *desire*
edmygedd – *admiration*	**drachtio** – *to draw or drink deeply*

Oddi fewn roedd y llawr i'r llofftydd wedi diflannu ac wrth ein traed doedd dim ond briciau a cherrig a phreniach a phob math o anialwch.

'Lle crand yn ei ddydd,' meddai Moi yn fyfyriol drwy niwl ei sigarét. Ond allwn i ddim gweld olion unrhyw grandrwydd, dim ond adfail a gweddillion. Os oedd ysbrydion i gael yn rhywle, y murddun hwn oedd y lle hwnnw. Safai Moi a'i ben yn y cymylau yn llythrennol, ym mwg ei faco – ac yn drosiadol hefyd, gan ei fod yn gallu dychmygu'r lle yn ei ogoniant.

'Wyt ti'n cofio rhai yn byw yma, Wncwl Moi?'

'Cyn f'amser i, grwtyn! Ew, mae eisiau i ti weithio ar dy fathemateg, on'd oes?'

Yr athro yn siarad eto. Pam doedd e ddim yn gallu anghofio am addysg am dipyn? On'd oedd ef, fel finnau, ar ei wyliau? Roedd Moi yn arfer dod aton ni i aros bob blwyddyn yn ystod gwyliau'r haf. Roedd e'n licio dod 'nôl, meddai, er mwyn cadw'i Gymraeg. Doedd e ddim yn cael cyfle i'w siarad yn aml ym Mryste, er ei fod yn mynd i gwrdd Cymraeg ac yn mynychu cyfarfodydd cymdeithasau'r Cymry. Gogleddwyr o'n nhw gan fwyaf, yn ôl Wncwl Moi. Roedd e wrth ei fodd yn gwrando ar Mam-gu yn hel clecs ac yn cloncian gyda'i frawd, fy nhad, ac yn ymweld â hen ffrindiau a chymdogion.

preniach – *bits of wood*	**anialwch** – *mess*
myfyriol – *reflective*	**olion** – *remains*
crandrwydd – *grandness*	**adfail** – *ruin or remains of building*
murddun – *ruin*	**yn llythrennol** – *literally*
yn drosiadol – *metaphorically*	**cwrdd** – *religious service*
mynychu – *to attend*	**cymdeithas(au)** – *society (societies)*
hel clecs – *to gossip*	**cloncian** – *to chatter*

'Fy nymuniad i fyddai adnewyddu'r tŷ hwn a dod yma i fyw,' meddai gan dorri'r distawrwydd.

'Pam wnei di ddim, Wncwl Moi?'

'Dw i ddim yn filiwnydd.' Doedd dim angen ymhelaethu.

Fyddwn i ddim wedi dewis byw yn y tŷ hwnnw wedi'i godi o'r newydd yn ysblennydd. Tŷ unig oedd e heb gymdogion, yng nghanol y goedwig. Er nad oedd y dre yn bell i ffwrdd, doedd yr un cartre arall i'w weld o'r lleoliad diarffordd hwnnw. Ac, wrth gwrs, roedd yno ysbrydion. Ac ro'n i'n disgwyl i ryw fwgan ymddangos a'n dychryn ni, chwap! Roedd pob smic o sŵn, pob cwthwm o awel, pob cangen yn taro'r wal, yn peri imi neidio mewn braw.

Sylwodd Wncwl Moi fod y lle tân yno o hyd ac uwch ei ben roedd dyddiad wedi'i naddu yn y garreg – 1850. Yn anochel, roedd hyn yn gyfle am wers rifyddeg arall. Ro'n i'n gorfod dweud sawl blwyddyn yn ôl oedd hynny. Cant ac un ar bymtheg, meddwn i, a llongyfarch fy hunan am gynnig ateb cywir yn rhwydd iawn. Ond, am ryw reswm, penderfynodd Wncwl Moi ymestyn y wers.

'Sawl blwyddyn sydd tan ddwy fil?' gofynnodd.

'Tri deg a phedair,' meddwn i, ar ôl i mi orfod meddwl yn hir a Moi yn pwyso arna i am yr ateb o hyd.

'A beth fydd d'oedran di bryd hynny?'

Allwn i ddim gwneud y sym ac ro'n i'n dechrau colli amynedd

adnewyddu – *to renovate, to renew*	**ysblennydd** – *magnificent*
diarffordd – *remote*	**bwgan** – *ghost*
chwap – *immediately, in a moment*	**smic** – *slight sound*
cwthwm – *puff of wind*	**naddu** – *to engrave, to carve*
anochel – *inevitable*	**rhifyddeg** – *arithmetic*
llongyfarch – *to congratulate*	**sym** – *sum*

gyda Moi a'i ddosbarth-un-dyn.

'Pedwar deg tri,' meddai ef. ''Na gyd oedd rhaid i ti wneud eto oedd gweud deg yn lle naw a thynnu un i ffwrdd.'

Cafodd Moi ei feddiannu gan ei gymylau unwaith yn rhagor.

'Dychmyga'r byd yn y flwyddyn dwy fil!' Edrychodd i ffwrdd lle roedd e'n gallu gweld y dyfodol yn y pellter trwy niwl ei sigarét. 'Ceir yn hedfan ac yn mynd ar y dŵr, robotiaid yn gwneud y gwaith caled i gyd, gwyliau ar blanedau a theleduffonau.'

'A beth fydd d'oedran di yn y flwyddyn dwy fil, Wncwl Moi?'

Yn gyntaf cymerodd arno nad oedd yn fodlon dweud ei oedran go iawn.

'Beth wyt ti'n meddwl yw f'oedran i, 'te?'

'Chwe deg pump?' meddwn i gan dynnu'i goes.

'Cer o 'ma!'

'Pedwar deg pedwar?' Roedd hyn yn gynnig teg yn fy marn i, ond doedd gyda fi ddim amcan beth oedd ei oedran ef na'm rhieni. Ro'n i'n gwybod bod Mam-gu yn wyth deg saith gan ei bod hi'n dweud ei hoedran wrth bob un, pob cyfle a gâi hi.

'Ti wir yn credu 'mod i'n disgwyl mor hen â hynny?'

'Dim syniad. Gweud, 'te.'

'Dw i'n dri deg wyth.' Ac yna, yn sydyn roedd hi'n wers symiau ddiflas eto. 'Felly yn nwy fil byddwn i yn…?'

'Saith deg a… dwy?'

'O'r diwedd,' meddai yn wawdlyd. Ac yna ychwanegodd, 'Felly go brin y bydda i yno gyda thi i weld y ceir yn hedfan a'r robotiaid yn ôl sigarennau i mi ac yn eu tanio nhw.'

cymerodd arno – *he pretended*	**dim amcan** – *not a clue*
disgwyl – *to look, to appear*	**gwawdlyd** – *derisive*

Yn ddirybudd, teimlwn ryw ias oer fel crepach yn cerdded drwy fy nghorff a dim yr awel oedd e. Gwelais y dyfodol fel lle unig ofnadwy. Digonedd o robotiaid, ond beth am fy nheulu a'm ffrindiau hŷn? Ac ro'n i'n gweld hiraeth mawr am Wncwl Moi yn barod ac yntau yn sefyll yno wrth f'ochr ar y pryd.

'Dyw saith deg a dwy ddim yn hen iawn, iawn,' meddwn i. Fy nghysuro fy hun o'n i mewn gwirionedd. 'Mae Mam-gu yn ei hwythdegau, bron yn naw deg, on'd yw hi!'

'Go brin y bydda i yno, dywedais. Ond a bod yn hollol blaen, dw i'n eitha siŵr y bydda i wedi hen fynd cyn hynny.'

Teimlwn rywbeth yn cydio yn fy llwnc a dagrau yn sboncio i'm llygaid. A sylwodd Moi ar hynny.

'Paid â bod yn wirion,' meddai a dododd fraich am f'ysgwydd, 'mae amser hir tan hynny.'

Welson ni ddim ysbryd yn yr hen dŷ y diwrnod hwnnw. Ac mae'r flwyddyn dwy fil wedi hen gilio i'r gorffennol. Does dim ceir yn hedfan eto, na gwyliau ar blanedau eraill, a dyw'r robotiaid ddim mor ddeheuig ag o'n nhw yng ngweledigaeth Wncwl Moi. Serch hynny fe wireddwyd rhan o'i broffwydoliaeth. Ches i mo'i gwmni i ddathlu'r mileniwm newydd. Cafodd ei orchfygu gan y peswch ddeng niwrnod cyn ei ben-blwydd yn bedwar deg a phedair oed.

dirybudd – *without warning*	**crepach** – *numbness*
hiraeth – *grief or longing for someone departed*	
sboncio – *to spring*	**dodi** – *to put*
deheuig – *skilful*	**gweledigaeth** – *vision*
proffwydoliaeth – *prophesy*	**gorchfygu** – *to overcome*

Sŵn
Cefin Roberts

Roedd Arwyn yn clywed synau. Ers iddyn nhw symud i fyw i Lwyn Eiddior roedd yna ryw sŵn yn rhywle byth a hefyd. Sŵn trawstiau'n gwegian, sŵn distiau'n clecian, a sŵn udo fel ci gwyllt yn dod o'r simne neu sŵn gwichian drysau. Synau naturiol hen dŷ, dyna roedd llais rheswm yn ei ddweud. Ond doedd y llais hwnnw ddim bob amser yn rheoli ym mherfeddion nos ac Arwyn fymryn yn feddw rhwng cwsg ac effro yn ei wely. Roedd ganddo eiddo i'w golli, etifeddiaeth i'w gwarchod, a phan fyddai ei wraig a'i blant adref byddai ganddo deulu i'w hamddiffyn hefyd. Ond heno, ar ei ben ei hun bach, roedd fel tasai pob un o'i amheuon yn chwyddo; pob smic bychan yn swnio fel taran ar uchelseinydd ei ddychymyg. Ac wrth iddo hepian cysgu dros nofel ddiflas, fe glywodd Arwyn sŵn yn rhywle ym mherfeddion y tŷ na allai ei anwybyddu. Nid y gwegian a'r gwichian arferol oedd hwn, ond sŵn wnaeth iddo godi ar ei eistedd yn gefnsyth.

byth a hefyd – *all the time*	**trawst(iau)** – *beam(s)*
gwegian – *to sway*	**dist(iau)** – *joist(s)*
udo – *to howl*	**gwichian** – *to creak*
perfeddion nos – *the middle of the night*	
rhwng cwsg ac effro – *half awake (lit. between sleeping and waking)*	
etifeddiaeth – *inheritance*	**chwyddo** – *to swell, to grow*
taran – *thunderbolt*	**uchelseinydd** – *loudspeaker*
hepian – *to doze*	**cefnsyth** – *straight-backed*

Roedd y brif ystafell wely ym mhen blaen y tŷ Sioraidd a fu'n gartref iddyn nhw ers pum mlynedd a mwy. Roedd eu tŷ cyntaf yng nghanol y ddinas wedi mynd fymryn yn fychan iddyn nhw pan anwyd Beca, eu trydydd plentyn a'u hunig ferch. Tua'r un amser roedd rhieni Medwen wedi ymddeol a symud i dŷ llai, gan adael llawer o hen ddodrefn a lluniau i'w hunig-anedig. Amseru perffaith. Roedd Llwyn Eiddior yn ateb eu holl ofynion. Tŷ mawr ar gyrion y ddinas lle gweithiai Arwyn fel cyfrifydd, a Medwen yn athrawes Gelf yn yr ysgol uwchradd. Digon o le i gartrefu pob celficyn roedd rhieni Medwen wedi ei roi iddyn nhw a chreu palas bach dros nos. Creu argraff ar ffrindiau a chlientiaid. Symud yn eu blaenau. Gwireddu breuddwydion.

Y peth cyntaf a wibiodd drwy feddwl cymysglyd Arwyn oedd tybed oedd o wedi cofio cloi'r drws cefn. Medwen fyddai'n cloi'r drysau a chau pob ffenest fel arfer, ac Arwyn yn diffodd y goleuadau a thynnu plygiau o'r socedi; patrwm oedd wedi bod yn rhan o'u bywyd priodasol o'r cychwyn cyntaf heb i neb erioed ei drefnu. Arferiad a syrthiodd i'w le heb drafodaeth na chytundeb, fel sy'n digwydd i'r rhan fwyaf o gyplau priod. Rhyw reddf i ddewis ein lle wrth y bwrdd, ein hochr ni o'r gwely, ein sedd ni o flaen y teledu. Y pryd a'r pwy sy'n bwydo'r gath a mynd â'r ci am dro yn digwydd heb angen cymaint ag ystum. Pawb fel tasai'n gwybod y drefn cyn i'r drefn honno erioed gael ei gosod.

Sioraidd – *Georgian*	**dodrefn** – *furniture*
unig-anedig – *only child*	**gofynion** – *needs*
cyfrifydd – *accountant*	**cartrefu** – *to house*
celficyn – *piece of furniture*	**creu argraff** – *to make an impression*
client(iaid) – *client(s)*	**gwibio** – *to flash, to rush*
cymysglyd – *muddled*	**greddf** – *instinct*
ystum – *gesture*	

Ond gan fod Medwen wedi mynd â'r ddau ieuengaf i ryw Gala Nofio yng Nghaerdydd a Rhodri, yr hynaf, yn aros efo ffrind yng nghyffiniau Casnewydd, roedd Arwyn i fod yn gyfrifol am bopeth heno – y cloi a'r diffodd, y ci a'r gath. Bwydo'r naill a mynd â'r llall am dro. Ac yna cyrri wedi ei ddanfon i'r drws. Tywallt gwydraid go helaeth o win iddo'i hun a gorwedd o flaen y teledu am oriau, yn gwylio pob sothach nes iddo syrthio i gysgu'n gam a deffro'n laddar o chwys a'r tân nwy yn ffyrnig o uchel, ei wydr yn llawn o win cynnes a'r botel yn hollol wag.

Cwsg anniddig gafodd o ar ei soffa foethus. Hepian chwyslyd i gyfeiliant gwleidyddion yn dadlau'n ddi-baid. Pawb yn biwis. Pawb yng ngyddfau ei gilydd byth a hefyd. Neb yn fodlon. Hyd yn oed a hwythau yng nghanol y fath foethusrwydd, doedd dim digon i'w gael hyd yn oed gan ei deulu ei hun. Beca a Rhys wastad yn swnian. Rhodri byth a hefyd yn tynnu'n groes ac yn edliw ei fod yn colli byw yn y dref. Bustachodd am ei wely lle cafodd ei hun yn gwbwl effro yn ailweindio'r un gofidiau fel pìn yn sownd ar hen finyl. Pam roedd rhywbeth mor syml â bodlondeb mor ddiawledig o anodd i'w gael?

Pan glywodd sŵn arall yn dod o'r cefnau, ystyriodd o ddifrif

danfon – *to send, to deliver*	**sothach** – *rubbish*
laddar o chwys – *lather of sweat*	**anniddig** – *restless*
cyfeiliant – *accompaniment*	**gwleidydd(ion)** – *politician(s)*
di-baid – *non-stop*	**piwis** – *peevish*
yng ngyddfau ei gilydd – *at each other's throats*	
moethusrwydd – *luxury*	**swnian** – *to whine*
tynnu'n groes – *to be deliberately awkward*	
edliw – *to upbraid, to reproach*	
bustachu – *to stumble, to bungle*	
bodlondeb – *contentment*	

y byddai'n well ymestyn am y botwm panig. Dyna pryd y gwawriodd hi arno nad oedd o wedi troi'r system larwm ymlaen i lawr grisiau cyn iddo ddod i'w wely. Hyd yn oed tasai'r amheuon gwaethaf yn cael eu gwireddu bellach, doedd ganddo ddim modd o ddefnyddio'r teclyn y talodd o mor ddrud amdano ryw dair blynedd ynghynt. Y dyn insiwrans oedd wedi awgrymu hynny iddo pan ddaeth o draw i ailasesu eu heiddo wedi iddyn nhw etifeddu'r fath drysorau teuluol. Melltithiodd ei hun am fod mor esgeulus. Yna sŵn arall. Ar y grisiau y tro hwn. Doedd ganddo ddim amheuaeth erbyn hynny.

Roedd o wedi gwrando ganwaith ar sŵn y grisiau pan fyddai Medwen yn dod i'w gwely. Gwyddai i sicrwydd mai'r trydydd a'r degfed gris oedd yn gwichian bob amser. Clywodd ail wich. Y degfed. Nid breuddwyd oedd hon. Roedd yn grediniol bellach fod rhywun â'r hyfdra i fentro i fyny'r grisiau ac fe afaelodd yn yr unig amddiffynfa oedd yn ei feddiant – bat pêl-fas. Doedd Arwyn ddim yn llabwst o ddyn o bell ffordd ac roedd gwybod fod ganddo arf wrth law i amddiffyn ei hun yn rhoi tipyn o dawelwch meddwl iddo. Ond roedd ymhell o deimlo unrhyw dawelwch pan synhwyrodd fod y tresmaswr yn cerdded tuag at ei ystafell wely.

Roedd hi'n rhy hwyr i estyn am ei ffôn symudol bellach. Ymladd yn ôl oedd yr unig ddewis, a chyn pen dim roedd Arwyn

trysor(au) – *treasure(s)*	**melltithio** – *to curse*
esgeulus – *negligent*	**canwaith** – *a hundred times*
crediniol – *convinced*	**hyfdra** – *audacity*
amddiffynfa – *defence*	**llabwst** – *a big lout*
arf – *weapon*	**amddiffyn** – *to defend*
tresmaswr – *trespasser*	

ar ei draed yn cuddio tu ôl i'r pared yn disgwyl ei gyfle. Un fantais o fod yn fychan o gorffolaeth yw'r gallu i guddio a symud yn dawel. Beth fyddai orau, ymosod yn syth wedi iddo agor y drws, neu aros iddo ddod i mewn i'r stafell a'i daro o'r cefn? Roedd Arwyn yn gwybod ei hawliau. Roedd defnyddio bat pêl-fas i ymosod yn erbyn y gyfraith, ond yn dderbyniol wrth hunanamddiffyn. Doedd fiw taro'n gyntaf, er bod y troseddwr yn tresmasu ar ei eiddo, a'i fwriad yn gwbwl amlwg. Byddai ganddo fwy o gymhelliad, yn ôl y gyfraith, i ymosod yn gyntaf os oedd mwy nag un troseddwr yn ei fygwth. Neu ai dim ond yn yr Unol Daleithiau roedd hynny'n cael ei ganiatáu? Ond cyn iddo gael cyfle i feddwl yn glir, roedd y lleidr bellach yn ei ystafell a'i holl reddf yn dweud wrtho am ymosod.

Roedd o rŵan yn sefyll rhwng ei wrthwynebydd a'r drws ac mewn sefyllfa dipyn cryfach. Neu oedd o, mewn gwirionedd, o'i gornelu, yn fwy tebygol o ffyrnigo'r troseddwr pan fyddai hwnnw'n sylweddoli nad oedd ganddo ddim modd o ddianc? Oedd ganddo gyllell? Neu'n waeth fyth, oedd ganddo wn? Dyma'i hunllef waethaf ac roedd o'n gwybod, pan rewodd y lleidr yn ei unfan, ei fod wedi synhwyro fod rhywun yn sefyll y tu ôl iddo. Trodd hwnnw'n gyflym ar ei echel a chododd Arwyn ei bastwn i amddiffyn ei hun.

pared – *interior wall*

bychan o gorffolaeth – *slightly built*

hunanamddiffyn – *to defend oneself*

doedd fiw – *one dared not*	**troseddwr** – *criminal, offender*
cymhelliad – *motive*	**gwrthwynebydd** – *opponent*
cornelu – *to corner*	**ffyrnigo** – *to enrage*
yn ei unfan – *on the spot*	**echel** – *axle*

pastwn – *staff, stick*

‘Paid!’ gwaeddodd y tresmaswr. ‘Paaaid!’ erfyniodd wedyn. Bloedd oedd bron yn sgrech.

Am ryw reswm fe rewodd y bat pêl-fas yn yr awyr. Doedd Arwyn ddim yn siŵr p’un ai’r taerineb yn ei lais neu’r ffaith iddo glywed gair Cymraeg oedd wedi peri iddo fferru fel delw o flaen y tramgwyddwr.

‘Plis, paid!’ erfyniodd y llais, yn dawelach y tro hwn.

Er bod gan y dieithryn hwdi dywyll amdano, roedd Arwyn yn tybio nad oedd o ddim yn llawer hŷn na rhyw un ar bymtheg oed. Roedd ei osgo a’i lais yn ifanc, ac er bod golau’r fflachlamp yn dal i’w ddallu roedd o’n gwybod na fyddai’r bachgen yn ei fygwth rhagor. Llafnyn oedd o. Dim llawer hŷn na’i fab ei hun. Eto i gyd, roedd Arwyn yn dal yn gandryll ac fe gymerodd un cam yn nes ato â’r bat yn dal uwch ei ben. Camodd yr hogyn yn ei ôl yn syth gan ddal ei fraich i fyny i amddiffyn ei hun.

‘Na!’ meddai’n wantan.

‘Be ’di dy enw di?’ poerodd Arwyn rhwng ei ddannedd. ‘Ty’d! Deud be ’di dy enw di!’ bloeddiodd.

‘Oliver.’

‘Oliver be?’

‘Oliver Mckenzie.’

Doedd yr enw ddim yn gyfarwydd a doedd Arwyn ddim yn gwybod am unrhyw un â’r cyfenw hwnnw, yn ei gylch cydnabod nac o blith ei glientiaid.

erfyn – *to plead*	**taerineb** – *earnestness*
delw – *statue*	**tramgwyddwr** – *transgressor*
osgo – *bearing*	**dallu** – *to blind*
llafnyn – *young man, adolescent*	**yn gandryll** – *furious*
gwantan – *feeble*	**cydnabod** – *acquaintances*

'Lluchia'r gola 'na i mi a stedda ar y llawr,' gorchmynnodd. 'Rŵan!'

Cododd Arwyn y bat yn uwch ac fe daflodd y bachgen ei fflachlamp ato'n syth. Eisteddodd ar lawr y stafell wely gan ddechrau igian crio.

'Tynna'r hwd 'na oddi ar dy ben.'

Ufuddhaodd 'Oliver' a gafaelodd Arwyn yn y fflachlamp a'i hanelu am wyneb y bachgen. Roedd yn welw ac esgyrniog. Roedd ofn ym mhyllau dyfnion ei lygaid oedd ar agor led y pen.

'Beth y'ch chi'n mynd i neud?' holodd yn wantan.

'Sut doist ti i mewn?'

'Seler.'

'Be ti'n feddwl selar?'

'Mae'ch grid chi'n rhydd yn y cefen. Dim ond codi hwnnw oedd angen. O'dd y ffenest yn rhwydd.'

'Sut oeddet ti'n gwybod bod y gratin yn rhydd?'

Ond ddaeth 'run ateb y tro yma. Dim ond yr awgrym lleiaf o wên ar ymyl ei wefus.

'Ateb fi! Sut oeddet ti'n gwybod bod y gratin yn rhydd? Ti 'di bod yma o'r blaen?'

Roedd yr hogyn yn fud, fel tasai o wedi newid tacteg. Er ei holi ymhellach, ni ddaeth un gair o'i enau, a chyda phob eiliad o ddistawrwydd, fe deimlai Arwyn ei fod yn colli momentwm y croesholi. Roedd yn ofni mentro cam yn nes at y dihiryn

lluchio – *to throw*	**igian** – *to sob*
ufuddhau – *to obey*	**gwelw** – *pale*
esgyrniog – *bony*	**pwll (pyllau)** – *pool(s)*
dwfn (dyfnion) – *deep*	**croesholi** – *to cross-examine*
dihiryn – *scoundrel, villain*	

rhag ofn fod ganddo arf o ryw fath. Fe synhwyrodd y llanc fod gwylltineb perchennog y tŷ yn pylu.

'Un o le wyt ti?' holodd Arwyn ymhellach. Syllodd y bachgen yn syth yn ei flaen heb yngan gair.

'Dw i'n mynd i ffonio'r heddlu, 'ta,' mentrodd eto.

Ond ddaeth yr un ymateb, a thybiodd Arwyn iddo weld y bachgen yn codi ei ael y mymryn lleiaf i awgrymu ei fod yn amau hynny'n gryf. Roedd hyder newydd yn ei ymarweddiad ac fe suddodd calon Arwyn pan gofiodd fod ei ffôn symudol yn y gegin. Yna daeth yn ymwybodol o'i noethni. Roedd ofn a chynddaredd wedi ei droi'n anifail ffyrnig am ychydig funudau ond rŵan, a'i droseddwr yn eistedd yn ddof o'i flaen, fe deimlai'n lletchwith ac yn ansicr.

'Be ti'n feddwl ti'n neud?' holodd ymhellach.

Ond o'r eiliad y clywodd ei hun yn gofyn y cwestiwn, fe glywodd ei afael yn llacio a'i arf yn llipa'n ei ddwrn. Er bod y llanc bellach yn eistedd yn gwbwl ufudd a thawel ar y llawr, roedd 'na ryw gryfder o'i gwmpas. Doedd Arwyn ddim yn meiddio bygwth dim rhagor â'r bat gan nad oedd y troseddwr yn ei fygwth yntau. Roedd o'n gwybod na allai o ddim troi ei gefn arno gan y byddai hynny'n arwydd o wendid pellach. I ble y byddai'n mynd beth bynnag? Er bod yr hogyn yn welw ac yn denau, roedd o'n edrych yn ddigon 'tebol i redeg yn bur gyflym tasai o'n cael y cyfle. Doedd gan Arwyn ddim syniad beth i'w wneud nesaf. Doedd y senario yma erioed wedi ei daro fo pan

gwylltineb – *fury*	**yngan** – *to utter*
ael – *eyebrow*	**ymarweddiad** – *behaviour*
noethni – *nakedness*	**cynddaredd** – *rage*
llacio – *to loosen*	**meiddio** – *to dare*
gwendid – *weakness*	**'tebol (atebol)** – *capable*

fyddai'n dychmygu sefyllfa o'r fath.

Roedd yn oer, meddyliodd. Unwaith y ciliodd yr ofn a'r adrenalin yn pwmpio dipyn yn arafach, fe deimlodd ryw ias yn gafael yn ei holl gorff. Roedd y bachgen yn ei astudio o'i gorun i'w sawdl ac roedd y wên fymryn yn lletach y tro hwn. Dyn bach. Dyna synhwyrodd Arwyn oedd yn mynd drwy feddwl y cythraul; dyn bach sydd ddim yn gwybod beth mae o'n mynd i'w wneud nesaf.

'Dw i'n mynd i roi un cyfle i ti. Ti'n fy nghlywed i? Dw i'm isio llanast yma mwy na chditha.' Roedd Arwyn wedi crebachu yn ei ôl i'w bum troedfedd a hanner yn nhraed ei sanau erbyn hyn. Y modfeddi a deimlodd wrth i'w dymer ymchwyddo yn diflannu fel dŵr budur mewn bath, a phob swigen wedi hen chwythu ei phlwc.

'Beth?' oedd yr unig ymateb a gafodd gan y llafnyn llwyd.

'Migla hi o 'ma. Fydda i'n ffonio'r cops unwaith byddi di allan drw'r drws 'na.'

'Ofon?'

Doedd Arwyn ddim yn barod am ei gwestiwn. Roedd wedi disgwyl iddo neidio ar y cyfle cyntaf a gâi i ddianc i'w ryddid, ond wnaeth o ddim – dim ond rhoi ei hwd yn ôl am ei ben. Diflannodd ei wyneb yn ôl i'r cysgodion.

'Ffycin gair *stupid*,' meddai, gan godi ar ei draed yn hamddenol. Roedd yn edrych yn dalach erbyn hyn. Yn gryfach. Yn ddewrach.

o'i gorun i'w sawdl – *from head to toe*	
lletach – *broader*	**crebachu** – *to shrink*
ymchwyddo – *to increase*	**swigen** – *bubble*
chwythu ei phlwc – *come to the end of its life*	
migla hi o 'ma – *bugger off*	**rhyddid** – *freedom*

'Pa air?'

Cerddodd yn nes at y drws a chamodd Arwyn i wneud lle iddo basio. Roedd yn gadael i'r tresmaswr fynd, ac roedd eisoes yn cynllunio'r stori fyddai o'n ei hadrodd wrth ei wraig a'r heddlu. Safodd y llanc wrth ei ddihangfa.

'Gratin,' meddai, 'ble ffwc ffindest ti hwnna, gwed?'

Cipiodd y fflachlamp yn ei hôl a cherddodd 'Oliver' yn dawel o'r ystafell. Clywodd Arwyn wich y degfed gris. Tarodd ei gôt nos amdano'n gyflym. Pan glywodd y wich ar y trydydd fe redodd i ben y landin lle y gallai weld y llanc yn cyflymu ei gamau tua'r drws ffrynt. Rhedodd yntau i lawr y grisiau a bolltio'r drws. Clywodd sŵn traed Oliver yn carlamu dros raean mân y dreif. Aeth ar ei ben i'r seler ond doedd dim arwydd fod neb wedi bod ar gyfyl y lle. Roedd y drws a'r ffenest ar glo a'r gratin wedi ei sodro i'w ffrâm mor solet â haearn Sbaen. Fyddai'r un enaid meidrol wedi llwyddo i agor y fath rwystrau.

Cerddodd yn araf yn ôl i fyny'r grisiau o'r seler a ffonio'r heddlu. Roedd yn gwybod yn union beth fyddai ei stori.

'Isio riportio bod rhywun wedi torri i mewn i'r tŷ ydw i... Llwyn Eiddior... Na, does dim byd wedi'i ddwyn... mi lwyddais i ddychryn y cenau cyn iddo fo gael cyfle i fynd â dim byd o werth... Aeth o 'ma yn waglaw, mi redais i ar ei ôl o at y drws ffrynt... Mi adawodd â'i gynffon rhwng ei afl wedi dychryn am

dihangfa – *means of escape*	**bolltio** – *to bolt*
graean – *gravel*	**ar ei ben** – *straight away*
ar gyfyl y lle – *anywhere near the place*	**sodro** – *to fix firmly*
haearn Sbaen – *Spanish iron*	**meidrol** – *mortal, living*
rhwystr(au) – *obstacle(s)*	**cenau** – *young rascal*
gwaglaw – *empty-handed*	
â'i gynffon rhwng ei afl – *with his tail between his legs*	

ei fywyd… Dw i'm yn siŵr sut cafodd o i mewn… torri ffenest mae'n debyg… heb gael cyfle i edrych yn iawn… Na, dw i'n hollol iawn, diolch ichi…'

Dywedodd yr heddwas y byddai rhywun yn dod i fyny i Lwyn Eiddior o fewn yr awr i gymryd datganiad ganddo. Tywalltodd lymaid o bort iddo'i hun gan fwynhau cadernid y gwydryn Waterford trwm rhwng ei fysedd. Melyster yn glynu'n gynnes yn ei wddf a chemegau'n suo'i amheuon. Teimlodd Arwyn fodfeddi ei hyder yn dychwelyd. Roedd wedi amddiffyn ei gaer – gwarchod ei etifeddiaeth. Gwenodd wrth daro'r tegell ymlaen. Byddai'r heddwas yn falch o baned pan fyddai'n cyrraedd, mae'n siŵr. Byddai'n rhaid cydnabod ei fod wedi bod yn esgeulus gyda'r larwm a doedd ganddo ddim syniad sut y daeth o i mewn i'r tŷ.

Ganllath i fyny'r lôn roedd Mark yn brasgamu tua'r golau coch ar ben yr allt. Fflachiodd ei dortsh deirgwaith yn arwydd i'r gyrrwr ei fod ar ei ffordd. Gollyngodd hwnnw'r brêc llaw a rowliodd y car yn dawel tuag at ei gyfaill, a neidiodd Mark i mewn i'r car dan wenu.

'Easy pickins?' gofynnodd i'w ffrind.

'Keep us goin for a while,' atebodd hwnnw dan wenu.

Trodd Mark i'r sedd gefn a rhoi winc ar ei fêt tawedog. 'Nice one, Rhods!' meddai'n hyf.

'I think we should go,' meddai Rhodri, gan edrych wysg ei gefn ar Lwyn Eiddior yn diflannu i'r nos.

datganiad – *statement*	**cadernid** – *solidity*
melyster – *sweetness*	**suo** – *to lull, to soothe*
caer – *castle, fortress*	**canllath** – *hundred yards*
brasgamu – *to stride*	**tawedog** – *quiet*
hyf – *bold*	**wysg ei gefn** – *backwards*

Geirfa

â'i gynffon rhwng ei afl – *with his tail between his legs*
aberth – *a sacrifice*
aberthu – *to sacrifice*
achub ar unrhyw gyfle – *to grab any opportunity*
adfail – *ruin or remains of building*
adfywio – *to come alive*
adfywiol – *refreshing*
adnewyddu – *to renovate, to renew*
addfwyn – *gentle*
aeddfed – *mature*
ael – *eyebrow*
aflonyddu – *to disturb, to trouble*
agos atoch – *friendly, approachable*
agosáu – *to come closer*
agwedd – *aspect*
anghwrtais – *impolite*
angladd – *funeral*
ailgylchu – *recycling*
allor – *altar*
amddiffyn – *to defend*
amddiffynfa – *defence*
amgylchynu – *to surround*
amheuaeth – *doubt*
amsugno – *to absorb*
amynedd – *patience*
anadliad – *breathing*
anferth – *huge*
anffyddlondeb – *unfaithfulness*
anhawster – *difficulty*
anhygoel – *amazing*
anialwch – *mess*
annealltwriaeth - *lack of understanding*
anniddig – *restless*
anobeithiol – *hopeless*
anochel – *inevitable*
antur – *adventure*
anwastad – *uneven*
anwybyddu – *to ignore*
anystywallt – *unruly*
ar drothwy – *on the threshold of*
ar ei ben – *straight away*
ar ei phwys – *by her side*
ar gyfyl y lle – *anywhere near the place*
ar gyrion – *on the outskirts*
ar hynny – *thereupon*
arbed – *to save*
arf – *weapon*
argyhoeddi – *to convince*
arhosfan bysiau – *bus stop*
arnofio – *to float*
arswydus – *terrifying*
astrus – *difficult*
asyn – *donkey*
atal – *to stop*
atgof(ion) – *memory (memories)*
atgoffa – *to remind*
atseinio – *to reverberate*
awydd – *desire*
awyddus – *eager*

baglu – *to fumble (for the right words)*
balchder – *pride*
baldorddi – *to babble, to talk idly*
bawlyd – *muddy*
beddfaen – *gravestone*
beio – *to blame*

bendith – *blessing*
benthyciad – *loan*
blaenorol – *previous*
blewog – *hairy*
bloedd – *shout*
bloeddio – *to shout*
bloneg – *fat*
bochdew – *hamster*
bodlondeb – *contentment*
bolgrwn – *round-bellied*
bolltio – *to bolt*
bonheddwr – *gentleman*
braint – *privilege*
brasgamu – *to stride*
brathiad – *bite*
brawdol – *brotherly*
brechdan – *sandwich*
bregus – *fragile*
bro – *neighbourhood*
brwd – *enthusiastic*
brwdfrydig – *enthusiastic*
brwynen – *reed*
buddugoliaeth – *victory*
bustachu – *to stumble, to bungle*
bwgan – *ghost*
bwrw rhywun oddi ar ei echel – *to put someone off their stride*
bychan o gorffolaeth – *slightly built*
bydol-ddoeth – *worldly-wise*
bygwth – *to threaten*
bygythiol – *threatening*
byrlymu – *to flow freely*
byth a hefyd – *all the time*

cacynen – *bumble bee*
cadernid – *solidity*
cae cwsg – *the land of Nod*
cael ei gwynt ati – *to revive herself*
caer – *castle, fortress*
cangen (canghennau) – *branch(es)*
cain – *fine*
caledwch – *hardness*
camddeall – *to misunderstand*
camgyhuddo – *to accuse falsely*
caniatáu – *to allow*
cannwyll (canhwyllau) – *candle(s)*
canllath – *hundred yards*
canrif – *century*
canwaith – *a hundred times*
caredig – *kind*
cario gormod o bwysau – *to carry too much weight*
carlamu – *to gallop*
cartrefu – *to house*
carthu – *to clear (one's throat)*
carwriaethol – *pertaining to love or courtship*
caseg sioe – *show pony*
casgen – *cask*
cawell – *cage*
cefndir – *background*
cefnsyth – *straight-backed*
celficyn – *piece of furniture*
celwydd gwyn – *white lie*
cenau – *young rascal*
cenedlaethau – *generations*
cennad – *permission*
cerbyd – *carriage*
cês – *suitcase*
ci synhwyro – *sniffer dog*
ciamocs – *frolics*
cig parod – *prepared meat*
cipio – *to grab*
cipolwg – *glimpse*
clais – *bruise*
clawdd – *hedge*
cledr – *palm (of hand)*
client(iaid) – *client(s)*

clinigol – *clinical*
cloncian – *to chatter*
cludo – *to carry*
clun(iau) – *hip(s)*
clustdlws (clustdlysau) – *earring(s)*
cneuen – *nut*
cnwd (cnydau) – *crop(s)*
codi amheuon – *to raise suspicions*
coflaid – *embrace*
cogio – *to pretend*
colli arni ei hun – *to lose her mind*
corn gwddf – *throat*
cornelu – *to corner*
cors – *marsh*
corun – *top of the head*
côt ddyffl – *duffle coat*
crandrwydd – *grandness*
crebachlyd – *shrivelled, wrinkled*
crebachu – *to shrink*
crediniol – *convinced*
crefftwr (crefftwyr) – *craftsman (craftsmen)*
crepach – *numbness*
creu argraff – *to make an impression*
cribyn – *rake*
cringoch – *red-haired*
crochan – *pot*
croesholi – *to cross-examine*
crogi – *to hang*
crud – *cradle*
crych(au) – *curl(s)*
cryndod – *a trembling*
cuddfan – *hiding place*
cuddwisg – *disguise*
culhau – *to narrow*
curiad(au) – *beat(s)*
cwdyn – *bag*
cwrdd – *religious service*
cwrtais – *polite*
cwrw sinsir – *ginger beer*
cwt glo – *coal shed*
cwta – *short*
cwthwm – *puff of wind*
cyd-letywr – *housemate*
cydnabod – *acquaintances*
cydsynio – *to agree*
cydwybod – *conscience*
cyfaddef – *to admit*
cyfagos – *nearby*
cyfarch – *to greet*
cyfarthiad – *bark*
cyfarwydd – *familiar*
cyfarwyddiadau – *directions*
cyfarwyddwr – *director*
cyfeiliant – *accompaniment*
cyflawni hunanladdiad – *to commit suicide*
cyfleus – *convenient*
cyfleuster(au) – *amenity (amenities)*
cyflogwr – *employer*
cyfrifydd – *accountant*
cyffiniau – *vicinity, neighbourhood*
cyffur(iau) – *drug(s)*
cymdeithas(au) – *society (societies)*
cymeradwyaeth – *approval*
cymeradwyo – *to applaud*
cymerodd arno – *he pretended*
cymhelliad – *motive*
cymysglyd – *muddled*
cyndaid (cyndeidiau) – *forefather(s)*
cynddaredd – *rage*
cynghori – *to advise*
cynghorydd – *councillor*
cynhyrchu – *to produce*
cynllun – *plan*
cynnil â'r gwirionedd – *economical with the truth*
cynnyrch – *product*

cynrychioli – *to represent*
cynyddu – *to increase, to grow*
cyrcydu – *to kneel*
cyson – *consistent*
cysur – *comfort*
cysuro – *to comfort, to reassure*
cythraul (cythreuliaid) – *devil(s)*
cywilyddus – *shameful*
cywrain – *intricate*

chwa o awel – *gust of wind*
chwa o awyr iach – *gust of fresh air*
chwap – *immediately, in a moment*
chwarae castiau – *to play tricks*
chwerthin (chwarddodd) – *to laugh (laughed)*
chwerwfelys – *bittersweet*
chwifio – *to wave*
chwilmentan – *to rummage*
chwilota – *to search, to investigate*
chwyddo – *to swell, to grow*
chwys domen – *dripping with sweat*
chwyslyd – *sweaty*
chwysu – *to sweat*
chwythu ei phlwc – *to come to the end of its life*

dadl – *argument*
daeth ato'i hun – *he came to himself*
daeth dŵr i'w dannedd – *she salivated*
dallu – *to blind*
danfon – *to send, to deliver*
dannod – *to reproach*
darganfod – *to discover*
darparu – *to provide*
datganiad – *statement*
defod – *ceremony, ritual*
deheuig – *skilful*
deiliog – *leafy*
delw – *statue*
deniadol – *attractive*
denu – *to attract*
deuawd – *duo*
dewis-eiriau – *chosen words*
diamddiffyn – *defenceless*
diarffordd – *remote*
diarth – *strange, unfamiliar*
di-baid – *non-stop*
dibynnol – *dependent*
didrafferth – *without trouble*
dieithryn – *stranger*
diemwnt – *diamond*
difetha – *to spoil*
diflastod – *unpleasantness*
difraw – *fearless*
difyrru – *to entertain*
diffyg arian – *lack of cash*
digartref – *homeless*
digio – *to take offence*
di-glem – *clueless*
digon derbyniol – *acceptable enough*
digon teg – *fair enough*
digywilydd – *shameless, rude*
dihangfa – *means of escape*
dihiryn – *scoundrel, villain*
dilorni – *to disparage, to run down*
dim amcan – *not a clue*
dim callach – *none the wiser*
diniwed – *harmless, innocent*
direidus – *mischievous*
dirybudd – *without warning*
disgleirio – *to shine*
disgrifiad – *description*
disgwyl – *to look, to appear*
dist(iau) – *joist(s)*
di-sut – *lethargic*
disylw – *unimposing*
diymhongar – *unassuming*

dodi – *to put*
dod i ben â – *to cope with*
dodrefn – *furniture*
doedd fiw – *one dared not*
drachefn – *again*
drachtio – *to draw or drink deeply*
dros ben llestri – *over the top*
dryll(iau) – *gun(s)*
dryllio – *to shatter*
dryslyd – *confused*
drysu – *to get confused*
dur – *steel*
dwfn (dyfnion) – *deep*
dwgyd – *to steal*
dwyn perswâd – *to persuade*
dyddio – *to date*
dyddio'n ôl – *to date back*
dyfal – *incessant*
dyled – *debt*
dyrnaid – *fistful*
dysgl(au) – *dish(es)*
dyweddïo – *to get engaged*

ebychu – *to exclaim*
echel – *axle*
edliw – *to upbraid, to reproach*
edmygedd – *admiration*
edmygu – *to admire*
ei hwyliau wedi troi – *her mood had changed*
elusen – *charity*
enaid – *soul*
enfawr – *huge*
erfyn – *to plead*
ergyd(ion) – *blow(s)*
erlid – *to chase*
ers cyn cof – *since time immemorial*
erthygl – *article*
esgeulus – *negligent*
esgob – *bishop*
esgyrniog – *bony*
esmwyth – *smooth*
etifeddiaeth – *inheritance*
etifeddu – *to inherit*
euog – *guilty*
ewin – *(finger)nail*
ewyllys – *will*

ffagl dân (ffaglau tân) – *flare(s)*
ffarwelio – *to say goodbye*
fferru – *to freeze, to become numb*
fflamgoch – *flame-red*
ffrae – *squabble*
ffurfiol – *formal*
ffyddiog – *confident*
ffyrnigo – *to enrage*

garw – *rough, coarse*
gelyn – *foe*
genau – *mouth*
gerbron – *before or in(to) the presence of someone*
gerllaw – *nearby*
godidog – *exquisite*
gofal yn y gymuned – *care in the community*
gofid(iau) – *worry (worries)*
gofynion – *needs*
goglais – *to tickle*
gogoniant – *glory*
golau (goleuadau) – *light(s)*
gollwng – *to release*
gorchfygu – *to overcome*
gorchudd – *cover*
gordd – *sledgehammer*
gorfodi – *to force*
gorffwyll – *frenzied*
goriad – *key*

goruwchnaturiol – *supernatural*
gorymateb – *to overreact*
gorymdaith – *procession*
gorymdeithio – *to parade*
gosgeiddig – *graceful*
gostwng – *to lower*
graean – *gravel*
greddf – *instinct*
grym – *force*
gwacter – *emptiness*
gwadu – *to deny*
gwag (gwacach) – *empty (emptier)*
gwaglaw – *empty-handed*
gwahoddiad – *invitation*
gwantan – *feeble*
gwastraff – *waste*
gwawdlyd – *derisive*
gwawrio – *to dawn*
gwedd – *appearance*
gweddillion – *remains*
gweddïo – *to pray*
gwegian – *to sway*
gweigion – *empty (plural)*
gweinydd – *waiter*
gweld bai ar – *to blame*
gweld yn chwith – *to be offended*
gweledigaeth – *vision*
gwelw – *pale*
gwendid – *weakness*
gwennol – *swallow*
gwerthfawrogi – *to appreciate*
gwerthwr tai – *estate agent*
gwestai (gwesteion) – *guest(s)*
gwg – *scowl*
gwibio – *to flash, to rush*
gwichian – *to creak*
gwirfoddolwr (gwirfoddolwyr) – *volunteer(s)*
gwledig – *rural*
gwleidydd(ion) – *politician(s)*
gwleidyddol gywir – *politically correct*
gwneud amdano'i hun – *to kill himself*
gwneud môr a mynydd o rywbeth – *to make a mountain out of a molehill*
gŵr gweddw – *widower*
gwraidd (gwreiddiau) – *root(s)*
gwrthwynebydd – *opponent*
gwylan(od) – *seagull(s)*
gwyllt gacwn – *furious*
gwylltineb – *fury*

haearn Sbaen – *Spanish iron*
hael – *generous*
haid – *crowd*
hallt – *salty*
hamddenol – *leisurely*
hanesydd – *historian*
hawddgar – *amiable*
heb dorri ei gam – *without breaking stride*
heb eu hail – *second to none*
heddwch – *peace*
heidio – *to flock*
hel clecs – *to gossip*
hel meddyliau – *to entertain morbid thoughts*
hepian – *to doze*
hers angladd – *funeral hearse*
hiraeth – *grief or longing for someone departed*
hoelio sylw – *to transfix*
hollwybodus – *all-knowing*
honni – *to claim*
hunanamddiffyn – *to defend oneself*
hunanbwysigrwydd – *self-importance*
hunanfodlonrwydd – *self-satisfaction*

hyder ffug – *false confidence*
hyderus – *confident*
hyf – *bold*
hyfdra – *audacity*
hynafol – *ancient*
hyrddio – *to drive, to push forward*

ias – *shiver, frisson*
iet – *gate*
igian – *to sob*
ildio – *to give in*

laddar o chwys – *lather of sweat*
lifrai – *livery, uniform*
loetran – *to loiter*

llabwst – *a big lout*
llac – *loose*
llacio – *to loosen*
llafnyn – *young man, adolescent*
llain (lleiniau) – *bay(s)*
llaith – *damp*
llanast – *mess*
llawes (llewys) – *sleeve(s)*
llecyn – *spot, place*
lledrithiol – *magical, enchanting*
lledu – *to spread*
lleidr (lladron) – *thief (thieves)*
lleithder – *moisture, dampness*
lleoliad – *location*
lletach – *broader*
lletchwith – *awkward*
lliain – *linen*
llid – *anger*
llithrig – *slippery*
llofrudd(ion) – *murderer(s)*
llofruddiaeth – *murder*
llofruddio – *to murder*
llogi – *to hire*
llongyfarch – *to congratulate*
llonydd – *still*
lluchio – *to throw*
llwnc – *gulp*
llwyddiannus – *successful*
llwyn(i) – *bush(es)*
llyfiad – *lick*
llygadu – *to eye*
llymaid – *drink*
llyncu poer – *to gulp*
llynedd – *last year*

maddau – *to forgive*
maen (meini) – *stone(s)*
maleisus – *malicious*
manylu – *to go into detail*
manylyn (manylion) – *detail(s)*
marchog(ion) – *knight(s)*
marchogaeth – *to ride*
marmor – *marble*
meddiannu – *to possess*
meddwyn – *drunkard*
megis – *such as*
meidrol – *mortal, living*
meiddio – *to dare*
meirw – *the dead*
meistroli – *to master*
melyster – *sweetness*
melltithio – *to curse*
mewn chwinciad – *in a wink*
mewn undod – *in unison*
migla hi o 'ma – *bugger off*
milfeddygfa – *veterinary surgery*
milgi – *greyhound*
min nos – *evening*
minlliw – *lipstick*
modfedd – *inch*
moethusrwydd – *luxury*
morthwyl – *hammer*

mud – *mute, silent*
murddun – *ruin*
mẁg (mygiau) – *mug(s)*
mwmial – *to mumble*
mwytho – *to caress*
myfyriol – *reflective*
mymryn – *a bit*
myn yffach i – *my goodness*
mynach(od) – *monk(s)*
mynachdy – *monastery*
mynd ar ei gwrcwd – *to crouch*
mynd i hwyl – *to get into the spirit of things*
mynd o 'ngho – *to go mad*
mynnu – *to insist*
mynwent – *graveyard*
mynychu – *to attend*

naddu – *to engrave, to carve*
naws – *feeling, spirit*
nerth ei draed – *as fast as possible*
newydd-ddyfodiad – *newcomer*
nodwydd – *needle*
noethni – *nakedness*
noswylio – *to bid goodnight*

o boptu – *on either side*
o gig a gwaed – *of flesh and blood*
o'i gorun i'w sawdl – *from head to toe*
ochneidio – *to sigh*
oedi – *to pause*
oedran(nau) – *age(s)*
oerfel – *the cold*
offeiriad (offeiriaid) – *priest(s)*
olion – *remains*
oriau mân – *early hours*
osgo – *bearing*

pais bwfflyd – *puffy petticoat*
palmant – *pavement*
pant(iau) – *hollow(s)*
papur tywod – *sandpaper*
parch – *respect*
parchu – *to respect*
pared – *interior wall*
pastwn – *staff, stick*
pefrio – *to sparkle, to gleam*
pelydryn (pelydrau) – *ray(s)*
pellhau – *to get further away*
pendant – *emphatic, definite*
pendroni – *to ponder*
pendwmpian – *to nod off*
penglog – *skull*
pentwr – *pile*
perchennog (perchnogion) – *owner(s)*
perchnogol – *possessive*
perfeddion nos – *the middle of the night*
perfformiad – *performance*
peri – *to make, to cause*
persawr – *perfume*
perth(i) – *bush(es)*
peryg – *danger*
peswch – *coughing*
picio mas – *to pop out*
picynen (picwns) – *wasp(s)*
pigog ar y naw – *extremely touchy*
piwis – *peevish*
plan(iau) – *plan(s)*
plentynnaidd – *childish*
plyg(ion) – *fold(s)*
plymio – *to dive*
powlio – *to stream*
preniach – *bits of wood*
priodol – *appropriate*
profiadol – *experienced*
proffwydoliaeth – *prophesy*
pwl – *bout, attack*

pwll (pyllau) – *pool(s)*
pwnio – *to hit*
pwyll – *temper*
pwylla – *calm down*
pylu – *to fade*
pynctsiar – *puncture*

rhaff – *rope*
rhagweld – *to foresee*
rhegi – *to swear*
rhialtwch – *fun, revelry*
rhifyddeg – *arithmetic*
rhosyn – *rose*
rhuban(au) – *ribbon(s)*
rhuthro – *to rush*
rhwng cwsg ac effro – *half awake (lit. between sleeping and waking)*
rhwystr(au) – *obstacle(s)*
rhychu – *to furrow*
rhyddhad – *relief*
rhyddid – *freedom*
rhythu – *to stare*

sachliain – *sackcloth*
saethu – *to shoot*
saib – *pause*
sbario – *to spare*
sbeitlyd – *spiteful, nasty*
sbio – *to look, to spy*
sboncio – *to spring*
seibiant – *pause*
seiliedig – *based*
seimllyd – *greasy*
serch hynny – *even so*
sgerbwd – *skeleton*
sgerbydol – *skeletal*
sgleiniog – *shiny*
sglods – *chips*
sicrhau – *to assure*
sidan – *silk*
siffrwd – *a rustling*
simsan – *unsteady*
simsanu – *to move unsteadily*
sïo – *to buzz*
siop ffeirio – *swap shop*
Sioraidd – *Georgian*
sisial – *murmur, whisper*
siw na miw – *not a peep*
sleifio – *to slip*
smalio – *to pretend*
smic – *slight sound*
smygwr – *smoker*
sodro – *to fix firmly*
sothach – *rubbish*
stordy – *storehouse*
stryffaglu – *to struggle, to clamber*
suo – *to lull, to soothe*
swanc – *swanky, posh*
swatio – *to nestle, to snuggle*
swigen – *bubble*
swnian – *to whine*
swrth – *brusque*
swta – *curt, abrupt*
swyddogaeth – *role*
swyn – *magic*
sycamorwydden – *sycamore*
syfrdanu – *to shock*
syllu – *to stare*
sym – *sum*
syndod – *surprise*
synhwyro – *to sense*

taclus – *neat*
taenu – *to spread*
taer – *insistent*
taerineb – *earnestness*
taeru – *to swear*
tafell – *slice*

tagu – *to choke*
talcen – *forehead*
tanio – *to light up*
taran – *thunderbolt*
tarddiad – *origin*
tarfu ar – *to disturb*
tas wair – *haystack*
tawedog – *quiet*
'tebol (atebol) – *capable*
techneg – *technique*
teid – *tide*
temtasiwn – *temptation*
tennyn – *lead, leash*
tila – *frail, feeble*
tincial – *to tinkle*
tlws – *decorative*
toedd – *hadn't (she)*
torf(eydd) – *crowd(s)*
torri syched – *to break thirst*
torth(au) – *loaf (loaves)*
tostrwydd – *illness*
traddodiad – *tradition*
trafnidiaeth – *transport*
tramgwyddwr – *transgressor*
trawst(iau) – *beam(s)*
trefniadau – *arrangements*
treigl amser – *the passing of time*
tresmaswr – *trespasser*
trigo – *to die*
trigolion – *residents*
trin – *to treat*
triniaeth – *treatment*
troedfedd – *foot*
trofwrdd – *turntable*
troi ei drwyn – *to turn his nose up*
trosedd – *crime*
troseddwr – *criminal, offender*
trothwy – *doorstep*
trwsiadus – *well-dressed*
trwy gil fy llygad – *through the corner of my eye*
trwy hap a damwain – *by accident*
trychinebus – *disastrous*
trylwyr – *thorough*
trysor(au) – *treasure(s)*
tuedd – *tendency*
twt – *compact, dainty*
twyllo – *to fool, to deceive*
tyle – *slope*
tylwyth teg – *fairies*
tyllog – *full of holes*
tynnu coes – *leg-pulling*
tynnu sgwrs – *to start up a conversation*
tynnu'n groes – *to be deliberately awkward*
tystiolaeth – *evidence*
tywallt – *to pour*
tywynnu – *to shine*
tywys – *to lead*
tywysydd – *guide, leader*

uchel eu cloch – *loud, raucous*
uchelseinydd – *loudspeaker*
udo – *to howl*
ufudd – *obedient*
ufuddhau – *to obey*
unig-anedig – *only child*
urddas – *dignity*

wâc – *a walk*
ware (chwarae) – *to play*
wedi ei dal hi – *to be drunk or tipsy*
wedi eu teilwra – *tailored*
wrth fodd rhywun – *to one's liking*
wysg ei gefn – *backwards*

y Forwyn Fair – *the Virgin Mary*
Y Gwylia[u] – *holiday (i.e. New Year)*

yng ngyddfau ei gilydd – *at each other's throats*
yngan – *to utter*
ymarweddiad – *behaviour*
ymateb – *to respond*
ymbilgar – *imploring*
ymchwyddo – *to increase*
ymdrech – *effort*
ymddatod – *to free oneself*
ymddeol – *to retire*
ymestyn – *to stretch*
ymgodymu â – *to deal with*
ymhelaethu – *to elaborate*
ymlusgo – *to creep*
ymrithio – *to appear, to take shape*
ymwroli – *to summon up courage*
ymwybodol – *aware*
yn astud – *intently*
yn awchus – *eagerly*
yn drosiadol – *metaphorically*
yn ei unfan – *on the spot*
yn feddw dwll – *blind drunk*
yn fy anterth – *in my prime*
yn gandryll – *furious*
yn llipa – *limply*
yn llygad ei le – *spot on*
yn llythrennol – *literally*
yn olynol – *in a row, consecutively*
yn sgil – *as a result of*
yn syndod – *surprisingly well*
yn y fan a'r lle – *there and then*
yr Aifft – *Egypt*
ysblennydd – *magnificent*
ysbryd(ion) – *ghost(s)*
ysgytwad (llaw) – *handshake*
ystum – *gesture*
ystyriol – *considerate*